KB115301

변혁
1990

천지무천 장편소설

5

FUSION FANTASTIC STORY

변혁 1990 5권

천지무천 장편 소설

초판 1쇄 찍은 날 § 2014년 2월 5일
초판 1쇄 펴낸 날 § 2014년 2월 12일

지은이 § 천지무천
펴낸이 § 서경석

편집부장 § 권태완
편집책임 § 박은정

펴낸곳 § 도서출판 청어람
등록번호 § 제1081-1-89호
등록일자 § 1999. 5. 31
어람번호 § 제1-1768호

주소 § 경기도 부천시 원미구 심곡2동 163-2 서경B/D 3F (우) 420-822
전화 § 032-656-4452팩스 § 032-656-4453
http://www.chungeoram.com
E-mail § chungeorambook@daum.net

ISBN 978-89-251-3702-5 04810
ISBN 978-89-251-3388-1 (세트)

변혁
1990

천지무천 장편소설

FUSION FANTASTIC STORY

5

Contents

Chapter 1

　김현태는 나의 움직임에 무척이나 놀라는 눈치였다.

　확신을 가지고 내 등 뒤를 노린 공격이었지만 실패하고 만 것이다.

　그는 자신의 동료인 영식이가 너무 여유를 부리다가 불시에 당했다고 생각했다.

　하지만 지금 자신의 생각을 고치고 있었다.

　어린놈이지만 알 수 없는 기운이 느껴졌다. 이러한 느낌이 전해지는 것은 정말 오랜만이다.

　3년 전 부산 영도다리 밑에서 조직 간의 싸움이 벌어졌을 때다.

김현태는 친분이 있는 조직의 초청을 받고서 부산에 내려갔다가 그 싸움에 휘말렸다.

부산에서 적지 않은 힘을 발휘하는 조직이었기에 싸움에 이골이 난 실력자가 많았다.

한데 한 인물에게 난다 긴다 하는 인물들이 맥을 못 추고 쓰러졌다.

김현태 또한 자신이 가진 모든 싸움 기술을 펼쳤지만 그 인물의 옷자락도 건드리지 못했다.

한데, 그때 그자가 보인 동작을 지금 자신 앞에 서 있는 새파랗게 젊은 놈이 보여준 것이다.

김현태는 지금 자신을 있게 한 군용 나이프를 다잡았다.

'지금의 나는 그때와 다르다. 이런 애송이에게 당할 정도의 김현태가 아니다.'

김현태는 자신을 믿었다.

지금껏 그러한 자신감으로 험한 이 세계에서 이름 석 자를 알렸다.

심한 갈증과 긴장감에 목이 타들어 갔다.

서늘한 칼날이 옆구리를 스쳐 지나갈 때의 느낌이 아직도 선명했다.

단 몇 센티미터만 안으로 들어왔으면 잠바가 아닌 살가죽이 찢겨져 나갈 상황이었다.

심장이 펌프질하듯이 심하게 뛰었다.

가로등 불빛에 비춰 보이는 군용 나이프의 서늘한 칼날이 몸을 더욱 긴장하게 만들었다.

칼을 든 인물과의 대결은 처음이다.

용산에서 만난 어설픈 동네 양아치들과는 차원이 달랐다.

그때도 이렇게까지 두렵고 떨리지는 않았다.

한데 지금 내 앞에서 기회를 엿보고 있는 인물은 시퍼렇게 날이 서 있는 느낌이다.

한마디로 진짜배기였다.

꿀꺽!

긴장감에 침이 절로 넘어갔다.

마치 굶주린 독사가 개구리를 잡아먹기 위해서 노려보는 것 같았다.

개구리는 당연히 나였다.

'침착해야 한다. 긴장하지 말자. 긴장하지 말자.'

주문같이 머릿속에서 울려 퍼지고 있었다.

긴장하면 몸이 굳어진다.

굳어진 몸으로는 방금 전과 같은 공격을 피할 수 없었다.

김현태의 움직임 하나하나에 눈을 뗄 수가 없었다.

차가운 겨울바람이 골목길을 휩쓸듯이 가득 채워왔다. 그러자 바닥에 버려진 신문지가 바람에 휘날렸다.

팽팽한 줄다리기를 하는 것처럼 상대를 매섭게 노려보고 있는 공간 사이로 신문지가 날아들었다.

신문지가 시야를 가리는 순간 김현태가 움직였다.

그의 왼손이 나에게로 향했다. 그러자 몸 왼쪽으로 빠르게 날아드는 것이 있었다.

날아드는 물체를 피하기 위해 오른쪽으로 한 걸음 물러나는 순간, 신문지를 관통하며 군용 나이프가 무서운 속도로 달려들었다.

페인트였다.

싸움 경험이 풍부한 김현태가 손에 쥐고 있던 동전을 나에게 던진 것이다.

신문지가 시야를 가리지 않았다면 충분히 파악할 수 있는 동작이었다.

김현태는 의도적으로 나를 오른쪽으로 움직이게 만들었다.

군용 나이프를 피하기 위해 최선을 다해 몸을 틀었다.

하지만 그 순간 뜨거운 불에 덴 것처럼 왼쪽 어깨가 화끈거렸다.

곧이어 예리하게 찢겨 나간 잠바 사이로 붉은 피가 흘러내렸다.

왼쪽 손아귀까지 피가 흘러내려 떨어지자 지독한 고통과 함께 왼손에 힘이 들어가지 않았다.

"후후! 대단한데? 신음 소리 하나 내지 않아."

김현태는 만족한 웃음을 지으며 군용 나이프를 고쳐 잡았다. 그의 모습은 자신감에 차 있었다.

"……."

나는 그의 말에 답하지 않았다.

'흑, 이자는 분명 싸움꾼이다.'

신음 소리가 배어 나오지 않게 이를 더욱 악다물었다.

김현태는 내가 부상당한 이후부터 쥐를 가지고 노는 고양이처럼 나를 뒤쪽으로 몰아붙였다.

그러는 사이 입고 있던 겨울 잠바가 넝마로 변해 갔다.

왼팔에 힘이 들어가지 않자 자세가 흐트러졌다. 반격을 하고 싶어도 기회를 잡기가 힘들었다.

김현태는 자신감이 넘쳐났지만 그렇다고 방심하는 모습을 보여주지 않았다. 그는 프로였다.

'이대로는 당한다.'

어깨에서 전달되는 고통도 심했지만 문제는 이런 상태라면 차디찬 땅바닥에 쓰러지는 것은 시간문제였다.

'저 칼만 없다면…….'

김현태의 손에 쥔 군용 나이프가 지금 나의 움직임에 제약을 주었다.

오른쪽이든 왼쪽이든 내가 움직이려고 하는 방향으로 김현태가 나이프를 휘두를 때마다 뒤로 물러날 수밖에 없었다.

칼을 지닌 인물과의 싸움은 처음이다. 어떻게 대처해야 할지 방법을 몰랐다.

히죽거리며 다가오는 김현태는 서두르지 않았다.

그때였다.

"빨리 끝내라! 영업해야지!"

뒤에서 모든 상황을 지켜보고 있던 현지사장이 재촉해 왔다.

나는 더 이상 뒤로 물러날 수 없는 상황이었다. 뒤쪽이 막다른 벽이었다.

그 아래에 소매치기가 나에게 들어 보이던 지갑들이 떨어져 있었다.

"꼬마야, 여기까지다."

김현태는 징글맞게 히죽거리며 들고 있는 군용 나이프를 고쳐 잡았다.

'지금이다.'

타악!

그 순간을 이용하여 바닥에 놓인 돌을 발로 찼다.

연이어서 바닥에 놓여 있던 지갑을 발로 차올렸다.

돌은 빠르게 김현태에게 날아갔지만 그는 여유 있게 피했다. 그리고 바로 나를 향해 군용 나이프를 찔러왔다.

나는 허공에 떠오른 지갑을 재빨리 부여잡고는 찔러오는 군용 나이프를 향해 뻗었다.

팍!

김현태의 군용 나이프는 손에 잡고 있는 지갑 가운데를 정확하게 찔렀다.

군용 나이프는 다행히 내 생각대로 가죽 지갑을 뚫지 못했다.

운이 좋게도 발로 차올린 지갑에는 신분증과 지폐가 두둑하게 들어 있었다.

김현태는 순간 당황하며 손에 잡고 있는 군용 나이프를 뒤로 잡아당겼다.

나는 힘을 느끼는 순간 지갑을 놓았다.

그리고 바로 몸을 회전하며 팔꿈치로 김현태의 관자놀이를 노렸다.

군용 나이프가 뚫고 들어간 지갑은 그대로 군용 나이프에 찍힌 상태로 딸려갔다.

짧은 시간이었지만 날카로운 나이프의 칼끝을 지갑이 막아주고 있었다.

퍽!

김현태가 회수한 군용 나이프에서 지갑을 빼어내려고 하는 순간, 나는 팔꿈치로 정확하게 김현태의 관자놀이를 가격했다.

"크윽!"

짧은 신음성과 함께 김현태의 몸이 크게 휘청거렸다. 그리고는 맥없이 주저앉았다.

이 동작은 검은 모자가 나를 공격할 때 보여주던 공격 방법이다.

연이어서 무릎으로 김현태의 얼굴을 가격하려는 순간 스르르 그의 몸이 옆으로 쓰러졌다.

"헉헉! 정말이지, 두 번은 못하겠네."

팽팽하던 긴장감이 풀어지자 온몸에서 힘이 다 빠져나가는 듯한 기분이다.

이 모습을 지켜보던 현지사장은 놀란 나머지 동그랗게 커진 눈으로 입을 벌리고 있었다.

"이제는 지갑을 가져가도 될까요?"

나는 현지사장을 노려보며 말했다. 그러자 현지사장은 말을 버벅거리며 말했다.

"어, 그, 그러게. 우리가 뭘 착각한 것 같네."

그는 김현태가 쓰러진 것이 아직도 믿겨지지 않는 듯한 모습이었다.

나는 바닥에 놓인 지갑들을 모두 주웠다. 주인에게 돌려주
려는 생각이다.

정신을 잃고 쓰러진 소매치기 오른쪽 주머니에서 내 지갑
이 나왔다.

"아저씨 지갑도 줬으면 좋겠는데."

"내 지갑을 왜?"

현지사장은 눈에는 물음표가 들어 있었다.

"제 치료비와 옷값은 물어주셔야 하지 않겠습니까? 아니면
제가 강제로 가져갈까요?"

바닥에 놓여 있는 각목을 들어 올리자 현지사장은 부리나
케 안쪽 주머니에서 두툼한 지갑을 바로 꺼냈다.

"얼마면 되지?"

"모두 다!"

니는 현지사장의 손에 늘린 지갑을 통째로 뺏어 들며 말했
다.

그의 지갑에 있는 지폐를 보지도 않고 모두 꺼내 들었다.

"한데, 자네는 어디 식구야? 나 영철이파의 강용갑이야! 내
밑으로 오면 섭섭지 않게 챙겨줄 수 있어!"

골목길을 빠져나오는 내 뒤로 현지사장 강용갑은 소리치
고 있었다.

내가 보여준 범상치 않은 모습 때문인지 강용갑은 나를 조직원으로 보고 있었다.

골목길을 모두 빠져나오자 사람들의 모습이 보였다. 그 사람들 속에서 나를 찾는 가인이와 예인이의 애타는 모습이 보였다.

"크읏."

가인이와 예인이를 보는 순간 잊고 있던 왼쪽 어깨의 고통이 물밀 듯이 몰려왔다.

어깨에서 흘러내리는 피가 찢어진 잠바를 물들인 내 모습에 지나가는 사람들이 놀라며 뒤로 물러나는 행동을 보였다.

"얼마나 찾았다고. 어떻게 된 거냐?"

가인이는 나를 보자마자 걱정하듯이 물었다. 그리고 어깨의 상처를 확인했다.

"예인아, 손수건 좀 빨리."

가인이는 예인이에게서 건네받은 손수건으로 어깨를 세게 동여맸다.

칼에 찔린 상처에서는 처음보다는 피가 덜 흘러내렸다. 보통의 여자애들이었다면 무서워서 피할 상황이다.

"태수 오빠, 누가 그런 거야?"

예인이가 무척이나 흥분한 목소리로 말했다. 예인이가 흥분하면 가인이도 말리기 힘들다고 했다.

어느 날 송 관장은 지나가는 소리로 나에게 말한 적이 있다.

겉으로 드러나 보이는 실력은 가인이가 뛰어나지만 사실은 예인이 지닌 실력이 가인이를 뛰어넘는다고 했다.

예인이는 무예를 익히는 데 있어서 천부적인 재질을 지녔다는 이야기다.

어린 시절 가인이가 일주일 동안 연습해서 펼칠 수 있는 동작을 예인이는 단 3일 만에 자신의 것으로 만들었다고 했다.

"걱정하지 마라. 내가 이 정도면 나를 이렇게 만든 놈들은 어떻게 됐겠어?"

"어휴! 여유 부리지 말고 빨리 병원이나 가자."

가인이는 걱정스러운 눈빛을 보내며 말했다.

"그래야지. 그리고 가기 전에 이 지갑들을 파출소에 가져다주고 가자."

나는 소매치기에게서 되찾은 지갑들을 내어놓았다.

지갑은 총 세 개였다.

가인이와 예인이가 명동에 있는 파출소에 들러 지갑을 건네주었다.

내가 들어가면 일이 커질 것 같아 두 사람에게 부탁했다.

찢어진 잠바가 온통 피로 얼룩져 있기 때문이다.

파출소의 순경들은 어떻게 지갑들을 되찾을 수 있었냐는

질문을 던졌지만 두 자매는 여러 사람의 도움으로 그랬다는 말만을 던지고는 파출소에서 재빨리 나왔다.

다행히 명동 근처 병원의 응급실이 열려 있었다.

칼에 찔린 어깨를 일곱 바늘이나 꿰맸다.

조금만 더 깊이 들어갔다면 신경을 건드려 위험할 수도 있었다.

병원에서 나와 찢어진 잠바를 대신할 옷을 사러 가기로 했다.

현지사장 강용갑의 지갑에서 나온 돈은 생각보다 많았다.

현금과 수표를 합쳐서 200만 원이나 되었다.

겨울 잠바와 부모님의 선물을 사고는 강용갑 지갑에서 나온 돈 모두를 구세군 냄비에 넣었다.

이번 크리스마스이브에 벌어진 일은 평생 잊지 못할 것이다.

Chapter 2

　닉스 신발의 인기가 마치 연말에 열리는 최고 가수 가요제
나 대종상 영화제에서 받는 대상을 받아 든 것 같은 결과로
이어졌다.

　각 패션 잡지와 하이틴 잡지에서 꼭 마련하고 싶은 패션 아
이템 1위에 올랐다.

　10대와 20대의 남녀 선호도 조사에서도 가장 선물 받고 싶
은 품목으로 선택되었다.

　30대에서도 메이커 선호도가 2등에 올라서는 좋은 징조로
이어졌다.

점차 대중에게 고급 브랜드로 각인되어 가고 있었다.

롯데와 신세계백화점뿐만 아니라 미도파와 매출액 기준으로 대한민국 업계 1위를 달리던 삼풍백화점에서도 닉스 신발의 입점을 요청해 왔다.

삼풍백화점 붕괴로 유명해진 삼풍백화점은 1989년부터 백화점이 붕괴된 1995년 6월 29까지 영업한 초호화 백화점이었다.

처음부터 입점을 요청한 롯데와 신세계는 자신들이 가져가는 이윤을 최소로 하겠다고 했다.

더구나 입점하게 되면 가장 좋은 자리와 함께 신발 매장 인테리어 비용 전액을 백화점에서 부담하겠다는 제안까지 했다.

이러한 제안을 받은 회사는 극히 드물었다.

세계적인 명품 브랜드에게나 제안하는 이례적인 상황이었다.

사실 내부적으로나 외부적으로나 매장을 새롭게 오픈해야 한다는 압력을 받고 있었다.

나는 뒤늦게 제안한 다른 백화점을 모두 배제시켰다.

오로지 처음부터 관심을 가진 롯데와 신세계에게 우선권을 주기로 결정했다.

각각의 백화점 담당자와 최종 면담 후에 닉스 신발의 백화점 입점을 최종 결정하기로 마음먹었다.

*　　　*　　　*

롯데백화점에서 닉스 본사를 찾아온 인물은 차장급이었다. 스포츠 브랜드와 신발 쪽을 총괄하는 인물이었다.

"안녕하십니까. 이창수 차장이라고 합니다, 대표님."

이창수는 정중하게 인사를 건네며 명함을 내밀었다.

그는 이미 나에 대해 들어서인지 어린 나이에 대표직을 맡고 있다는 것에 놀라지 않는 모습이었다.

"반갑습니다. 강태수라고 합니다."

나 또한 명함을 이창수에게 건넸다.

"말씀 많이 들었습니다. 정말이지, 닉스를 저희 쪽으로 꼭 모시고 싶습니다."

이창수는 처음부터 자신의 의중을 그대로 내보였다. 닉스의 열풍을 현장에서 직접 본 인물이었다.

그가 강남 매장을 방문할 당시 닉스—Blake 700컬레가 입고되자마자 단숨에 매진된 것을 눈으로 확인했다.

"그렇지 않아도 저희도 내부적으로 내년 2월 정도에 신규제품이 출시되는 것과 맞춰서 입점하기로 결정했습니다."

"정말입니까?"

이창수는 반색하며 물었다.

"예, 고객들의 요청이 하도 강력해서 저희가 버틸 수가 없습니다."

"그러면 저희 백화점으로 입점하시는 것입니까?"

이창수는 조심스럽게 물었다.

롯데뿐만 아니라 신세계를 비롯한 미도파와 럭셔리함을 추구하는 삼풍백화점도 입점을 타진하고 있다는 것을 잘 알고 있었다.

닉스의 입점은 라이벌 백화점들 사이에 화두로 떠올랐다.

"아닙니다. 현재 귀사에서 주신 제안서와 신세계백화점에서 제시한 제안을 비교 검토 중입니다. 대신 다른 백화점의 입점 제의는 모두 배제했습니다."

"후우! 그나마 가능성이 높아졌네요."

이창수는 다른 백화점들이 배제되었다는 말에 안도의 한숨을 내쉬었다.

한편으로는 명동의 라이벌인 신세계가 남아 있는 것이 불안하기도 했다.

"롯데나 신세계에서 제시한 조건은 크게 다르지 않습니다. 저희에게 현재 제시하신 조건 중 좀 더 나은 쪽 백화점에 입점하겠습니다."

"하하! 대표님도 저희가 제시한 조건은 국내 브랜드에는 적용되지 않는 파격적인 조건입니다."

"잘 알고 있습니다. 저희에게 좋은 조건을 제시해 주신 걸 감사하게 생각합니다. 하지만 저희는 굳이 백화점에 입점하지 않아도 매출이나 제품의 이미지 상향에는 큰 영향이 없습니다. 오히려 지금 생산 수량이 부족한 상황에서 백화점 내에 신규 매장을 오픈하는 것은 힘에 부칠 수도 있는 상황입니다."

패션 브랜드가 명동에 위치한 백화점에 입점한다는 것은 고급스런 이미지와 제품의 인기를 나타내는 척도로 여겨졌다.

"음, 무슨 말씀인지 잘 알겠습니다. 혹시 신세계에서 제시한 조건을 저희가 알 수 있을까요?'

이창수는 닉스 입점에 큰 무게를 두고 있는 이유가 있었다.

강남과 홍대에 닉스 제품을 구입하려고 몰려든 사람들은 신발만 구입하고 집으로 돌아가지 않았다.

대부분은 주변에 있는 상권으로 고스란히 흡수되었다.

닉스로 인해서 주변의 카페와 음식점들이 호황을 누리는 곳이 생겨났다.

그 결과 이익을 누리는 식당들이 매장 내 직원들과 본사 직원들에게 할인된 가격으로 음식을 제공하고 있었다.

닉스 신발을 구매하려고 오는 사람들이 신발만 구입하지는 않는다는 것이다.

물론 오로지 신발만을 목적으로 오는 고객도 있지만 사람들이 몰리면 또 다른 부가적인 매출이 백화점 내에서 일어난다는 계산이었다.

"그럴 수는 없습니다. 뭐든지 공정해야 하니까요. 또한 일방적인 것도 원치 않습니다. 서로가 상생하면서 함께 걸어가는 동반자가 되면 좋겠습니다."

지금의 닉스 신발의 인기로 인해서 백화점들이 서로 원하고 있었다.

그러나 어느 순간 사람들에게 잊히는 브랜드가 되는 순간 가차없이 가지치기를 하듯이 내치는 곳이 백화점이었다.

"좋습니다. 저희가 원하고 있는 마당이니 좀 더 좋은 조건을 제시하겠습니다. 일단은 본사에 들어가서 상의한 후에 알려드리겠습니다."

"그렇게 하십시오. 좋은 결과 기대하겠습니다."

"하하하! 정말이지, 강 대표님이 성공하신 이유를 알겠습니다."

이창수는 크게 웃으면서 말했다.

지금까지 이창수는 자신이 원하는 것들을 백화점에 입점하기 원하는 회사에게 요구만 했다.

롯데백화점의 이창수 차장이 돌아가고 한 시간 후에 신세계백화점의 책임자가 회사로 찾아왔다.

배기문이라고 소개한 인물은 부장 직급으로 영패션 브랜드를 총괄하고 있었다.

나는 그에게 롯데백화점의 이창수 차장과 나누었던 조건을 그대로 이야기했다.

배기문 부장 또한 쉽게 결정하지 못하는 모습을 보였다.

그는 신세계가 야심차게 준비하는 영패션관인 영플라자에 닉스를 꼭 집어넣고 싶어했다.

그는 곧바로 본사에 전화를 걸어서 자신의 생각을 전달했다.

5분의 전화 통화 끝에 본사 이사의 허락이 떨어졌다.

추가적인 조건은 1년 동안 신세계는 닉스 판매에 대한 이익을 가져가지 않겠다는 조건이었다. 또한 그 다음해 1년 동안은 50%만 받겠다고 했다.

그 이후부터는 처음 제시한 수수료 조건으로 가기로 했다.

신세계의 빌 빠른 대응이었다.

롯데는 다음 날 담당자인 이창수 차장에게서 전화가 왔다.

기존 조건이 최선이라는 이야기와 함께 다른 매장과의 형평성을 들고 나왔다.

신세계백화점 또한 롯데백화점과 별반 다르지 않을 것이라며 계약을 종용했다.

그의 전화는 확연하게 판단을 내릴 수 있게 해주었다.

다음 날 정식으로 신세계백화점과 입점 계약을 작성했다.

계약서에는 추가적으로 닉스 신발의 매출이 백화점 내 다른 신발 브랜드보다 월등한 실적을 보이면 1년 더 백화점수수료를 받지 않겠다는 옵션 조항을 넣었다.

국내 브랜드로는 이러한 좋은 조건으로 백화점과 입점 계약을 성사시킨 예가 없었다.

신세계백화점이 새롭게 시도하는 영패션몰의 성공을 위해 많은 부분을 양보해 얻어낸 결과였다.

*   *   *

2월에 선보일 신제품 출시를 위해서 닉스의 모든 직원이 야근을 마다하지 않고 있었다.

새롭게 선보일 신발은 에어쿠셔닝을 집어넣은 닉스에어-Z(제트)와 닉스에어-X(엑스)였다.

닉스에어는 충격 보호 기능을 높이기 위해 대용량의 공기주머니를 단 것으로 착용자가 쉽게 체감할 수 있을 정도의 강한 쿠셔닝을 제공했다.

닉스에어-Z와 닉스에어-X에는 충격 완화와 쾌적성에 집중하여 디자인하고 설계되었다.

몸무게가 70㎏인 성인이 하루 일만 보를 걷는다고 할 때 신체에 전달돼 누적되는 충격의 합은 무려 1,000t에 이른다.

달릴 때는 이보다 더하다.

달리는 순간 발과 신발은 몸무게의 세 배 하중을 받는다고 하니 70㎏인 사람은 한 번에 270㎏의 하중이 발과 무릎을 거쳐 신체 곳곳에 전달된다.

두 시간 넘게 42.195㎞를 뛰어야 하는 마라톤 선수의 신체에 전달돼 누적되는 충격의 합을 계산해 보면 무려 6,000~7,000t에 이른다.

닉스에어-Z는 조깅화로, 닉스에어-X는 농구화로 만들어졌다.

처음으로 닉스에서 농구화를 내어놓기 때문에 신경 쓰이는 부분이 많았다.

신발의 앞부분에 도입한 스트랩(끈 모양·띠 모양의 것이라는 의미로써 신발에서는 발을 고정시키기 위해서 등 부위에 붙이는 여러 가지 밴드의 종류)은 파워 있고 공격적인 플레이를 펼치는 선수들에게 발등을 잡아주는 효과를 주어 더 많은 지지와 보호가 가능하도록 설계했다.

닉스에어-Z는 닉스에어-X와 달리 줌 에어 중창을 사용했다.

부드러우면서도 반응성이 뛰어나도록 설계됐다.

그리고 밑창 앞쪽에는 가로줄로 홈이 파여 자유롭고 유연한 움직임이 가능하게 했고, 뒤꿈치 부분에는 충격 흡수를 위해 깊게 파인 홈을 만들었다.

줌 에어는 일반 에어 시스템에 비해 평평하고 얇게 제작되었고, 발바닥과 지면이 밀착된 환경을 만들어주어 착용자가 순간적인 스피드를 낼 수 있도록 했다.

나이키가 설계한 줌 에어 기술을 닉스가 먼저 적용시킨 것이다. 줌 에어 기술은 90% 정도 완성된 단계였다.

이를 위해서 부산신발연구소의 한광민 소장은 국내에서 내로라하는 신발 기술자들을 모아놓고 밤낮으로 씨름하고 있었다.

또한 이 기술을 선점하기 위해 투자된 개발 자금이 5억 가까이 되었다.

이 두 신발은 닉스를 한 단계 도약시켜 줄 비밀병기였다.

*　　　*　　　*

송 관장은 1월이 가기 전에 집을 떠났다.

1년 동안 배를 타겠다고 했지만 그 이상 길어질 수도 있다고 말했다.

송 관장은 떠나기 전날 나를 불렀다.

"얼굴 보기 힘들다."

"예, 여러 가지 일이 많아서요."

"바쁜 게 좋은 거다. 그렇다고 운동을 게을리해서는 절대로 강해질 수 없다."

"무슨 일이 있어도 운동은 빼먹지 않고 있습니다."

명동에서의 일로 인해서 더욱 운동에 매진하고 있었다.

위험은 어느 순간에 닥쳐올지 몰랐다.

"그래야지. 강함이란 타고나는 것이 아닌 꾸준함이다. 능력을 타고난 뛰어난 천재도 꾸준함에 언젠가는 무너지고 만다."

타고난 주먹과 운동신경을 바탕으로 20대 약관에 세계챔피언에 올라선 복싱 선수 마이크 타이슨도 감당할 수 없는 부와 정신적인 스승이자 아버지처럼 따르던 커스 다마토가 사라진 순간부터 서서히 무너지고 말았다.

그가 세계챔피언에 올라서기 전에 하던 운동량은 무시무시했다.

그가 새벽 5시에 일어나 하루 동안에 했던 운동은 단거리 달리기 10회, 5km 조깅, 스파링 10라운드, 링에서 섀도우복싱 등을 더 하고 실내용 사이클 60분간 타기, 윗몸일으키기 총 2,000번, 평행봉 팔굽혀펴기 총 800번, 팔굽혀펴기 총 500번, 30kg 바벨 총 500번 들기, 목운동 10분(웨이트 트레이닝은 총 횟수를 10개로 나눠 10세트), 실내용 사이클을 30분간 타고 좀 쉬다 저녁 8시에 취침했다.

이러한 그도 무절제한 생활과 운동을 게을리하는 순간부터 타이슨의 강함은 사라져 갔다.

"예, 명심하겠습니다."

"자! 그동안 얼마나 늘었는지 한번 볼까?"

송 관장이 한국을 떠나기 전에 한 마지막 대련이었다.

그동안 송 관장에게 단 한 번이라도 공격을 성공시키기 위해서 노력했다.

하지만 결과는 늘 빈 허공에 헛발질과 헛손질로 이어졌다.

송 관장의 움직임은 느린 듯하면서도 빨랐고 느린 듯하면서도 흐르는 물처럼 유연했다.

눈을 감아도 나의 움직임을 모두 꿰뚫어 보는 것 같았다.

"자! 오늘이 마지막이다. 최선을 다해보아라."

송 관장의 말이 아니라도 나는 늘 최선을 다했다.

어느새 송 관장의 몸은 보이지 않는 기운으로 가득 찬 것처럼 느껴졌다.

정말 보이는 것이 전부가 아닌 것처럼 알 수 없는 기운으로 인해서 커다란 산이 내 앞에 버티고 있는 것만 같았다.

'후우! 이제는 뭔가 될 줄 알았는데……'

빈틈이 없었다.

송 관장은 그저 서 있을 뿐인데도 전혀 틈이 보이지 않았다.

어떻게든 좌우로 방향을 바꿔가면서 작은 틈이라도 찾으려고 노력했다.

하지만 그 모든 행동은 부질없었다.

전혀 틈이 보이지가 않았다.

"너와 싸움을 벌인 인물들은 언제까지나 기다려 주지 않는다."

송 관장은 명동에서 벌어진 일을 가인이와 예인이에게 들어서 알고 있었다.

그의 말처럼 대련이 아닌 싸움에서는 내가 모든 준비를 갖출 때까지 기다려 주지 않았다.

조금이라도 방심하거나 상처 입은 곳을 계속해서 물고 늘어지며 나를 쓰러뜨리기 위해 수단 방법을 가리지 않았다.

나는 결국 정면을 선택했다.

"이얍!"

강한 기합 소리와 함께 복싱 스타일을 응용하여 몸을 좌우로 흔들며 아래에서 위로 어퍼 스윙으로 주먹을 내질렀다.

송 관장이 뒤로 물러날 때 검은 모자가 보여준 동작을 써먹을 생각이었다.

명동에서도 이 동작으로 위기를 모면했다.

하지만 나의 예상은 여지없이 빗나갔다.

"어!"

일부러 송 관장을 뒤로 물러나게 하려고 큰 동작을 펼쳤다.

한데 지금 내 몸이 허공으로 떠올랐다.

송 관장은 뒤로 물러나지 않았다.

오히려 앞으로 한 발 전진하며 유도의 한 동작을 연상시키는 기술로 내 주먹을 잡아서 허공으로 들어 올린 것이다.

그는 전혀 힘을 쓴 것 같지 않았다. 내 힘을 역이용하여 방향만 바꾼 것이다.

나는 바닥에 떨어지면서 간신히 낙법을 펼쳤다.

예전 같았으면 그대로 땅바닥에 부딪쳐 큰 충격을 받았을 것이다.

"그런 큰 동작이 나에게 통한다고 생각했나? 나를 지금의 자리에서 움직이게 만들면 이번 대련은 성공한 것으로 간주하겠다."

송 관장의 말이 맞았다.

나와 실력이 얼추 비슷하거나 조금 나은 사람에게나 통할 방법이었다.

송 관장은 진짜 고수다.

나는 다시금 자세를 바로잡았다.

분명 검은 모자와의 대결에서는 이전에 볼 수 없던 동작들이 자연스럽게 몸에 배어 나왔다.

나는 숨을 고르며 그때의 모습을 떠올렸다.

그와의 싸움은 생사의 고비였다.

한 동작 한 동작이 잘못되는 순간 죽음을 생각해야만 했다.

하나 지금은 그러한 간절함에서 묻어나오는 모습을 보여주지 못하고 있었다.

송 관장이 보여주던 일탈필사의 모습이 필요할 때였다.

단 한 번의 기회에 모든 것을 걸어야만 했다. 이후의 일은 생각지 말아야 했다.

호흡을 가다듬기 위해 잠시 감았던 눈을 떴다.

눈앞에는 여전히 거대하고 흔들림 없는 산이 버티고 있었다.

'내가 가장 잘할 수 있는 것을 해야 한다.'

기장 가신 있게 할 수 있는 것은 발차기였다. 중학교 시절 잠시 배운 운동이 태권도였다.

동네에 있는 태권도 도장에서도 발차기에 소질 있다는 소리를 들었다.

또한 군대 시절에도 발차기의 교본이라는 이야기까지 들었다.

지금 그때의 모습과 함께 숨겨진 본능이 나와야만 했다.

왼발을 옆으로 미끄러지듯이 움직이는 순간 몸을 던졌다.

브라질의 무술인 카포에이라에서 보여주는 동작을 응용한 것이다.

앞으로 몸을 구르듯이 완전히 회전하면서 따라오는 뒷발 축으로 송 관장의 얼굴을 노렸다.

순간적이지만 송 관장은 당황한 기색을 보였다.

하지만 그는 나의 공격 루트를 이미 예상한 것처럼 가볍게 손을 들어 올려 막았다.

그 순간 나는 다시 양손을 바닥에 짚으며 몸을 360도 회전 하며 밑에서 위로 날아 차기 하듯이 차올랐다.

이 동작은 한때 오락실에 한참 하던 스트리트파이터에서 나온 동작이다.

이번에는 송 관장도 내 움직임을 전혀 예측하지 못한 것 같았다.

순간적으로 반 발짝 뒤로 물러나며 고개를 옆으로 돌려 내 발차기를 피했다.

"하하하! 많이 늘어구나. 이번 공격은 거의 성공할 뻔했다."

송 관장은 기분이 좋은지 크게 웃었다.

'후우! 머리카락 하나도 건들지 못했구나.'

사실 이번 공격에 나름 기대를 했다.

송 관장이 요구한 것처럼 그를 뒤로 움직이게 만드는 것은 성공했다.

하지만 송 관장이 곧바로 반격을 가했다면 여지없이 당할 수도 있는 동작이었다.

어찌 보면 수비를 전혀 생각지 않고 공격에만 모든 것을 건 동작이었다.

"아직 부족합니다."

"아니다. 네가 생각하는 것보다 너는 더 강해졌다."

송 관장은 내 말에 고개를 저으며 말했다.

그에게 인정받는다는 것은 언제나 기분 좋은 일이었다.

"정말입니까?"

"그래, 지금까지 내게서 무술을 배운 인물치고 태수 너처럼 빠르게 성장하는 사람을 보지 못했다. 아직은 불필요한 동작도 보이지만 그건 어느 정도 실력이 있는 고수에게나 보이는 것이다."

송 관장은 자신 있게 말했다.

"그래도 관장님의 머리카락 하나 건들지 못했는데요."

"하하하! 내가 돌아올 때까지 지금처럼 열심히만 한다면 가능할 거다."

송 관장은 격려하듯이 내 등을 두드려 주며 말했다.

그의 손길에서 따뜻함이 전해져 왔다.

지금은 부족하지만 송 관장의 말처럼 1년이 지나면 또 다른 모습의 내가 이 자리에 서 있을 것 같았다.

*   *   *

송 관장은 3일 후에 파나마로 떠나는 화물선에 올랐다.

1년 동안 남미와 유럽을 오가는 배를 타며 태평양과 대서양을 누빌 것이다.

그동안은 내가 송가인과 송예인을 책임지는 막중한 사명을 부임 받았다.

친오빠처럼 잘 따르는 두 자매이기에 걱정할 것은 없었다.

문제는 큰 집에 덜렁 두 자매만 머무는 것이었다.

둘 다 웬만한 남자 서너 명은 거뜬히 제압할 수 있는 무술 실력을 지녔지만 그렇다고 안심이 되는 것은 아니었다.

송 관장은 떠나기 전날까지 그런 걱정을 내게 내비쳤다.

집안에 남자가 있어야 한다는 이야기였다. 송 관장은 내가 집으로 들어오길 바랐다.

하긴 지금의 집은 경매로 넘어가기 전에 은행 빚을 내가 갚아주었다.

엄밀히 말하자면 내가 반 정도는 권리를 주장할 수 있는 집이기도 했다.

그렇다고 해도 가인이와 예인이의 의견이 중요했다. 물론 내 의중도 중요한 사안이었다.

송 관장의 집으로 들어가면 교통이 불편했다.

닉스가 있는 홍대와 용산의 비전전자, 그리고 구로의 명성전자까지 오가야만 했다.

더구나 앞으로 공부하게 될 서울대가 있는 관악은 더더욱 멀었다.

명성전자에서 제공하는 전용 차량이 있지만 그걸 타고 학교와 송 관장의 집을 오갈 수는 없었다.

송 관장의 집에 머물려면 일단은 타고 다닐 차가 필요했다.

대중교통으로 지금 벌이고 있는 일을 처리하러 다니려면 도저히 시간이 나질 않았다.

또한 이사한 지 얼마 되지 않은 집에서 나오려면 적당한 구실도 필요했다.

이래저래 고민해야 될 부분이 적지 않았다.

송 관장을 배웅하던 날 가인이와 예인이는 눈물을 많이 흘렸다.

여성스러운 예인이는 몰라도 가인이는 그리 슬퍼하지 않을 것이라 생각했지만 그건 나의 기우였다.

아버지를 생각하는 마음은 가인이나 예인이 둘 다 동일했다.

두 자매는 송 관장이 떠나는 날까지 내가 집으로 들어오는 것에 대해서 결정을 내리지 못한 것 같았다.

*　　　*　　　*

따르릉! 따르릉!

거실에 놓여 있는 전화벨이 요란하게 울렸다.

마치 집으로 걸려오는 전화의 90%는 자기 전화로 알고 있는 여동생 정미가 부리나케 받았다.

"오빠, 전화! 여자야!"

집에 있는 사람들이 모두 다 들으라는 듯이 소리쳤다.

"야, 좀 조용히 말해."

"아, 예, 오라버니. 그렇게 하겠습니다."

정미는 손을 아랫배에 가져가며 공손히 고개를 숙이며 말했다.

요새 여동생은 내가 하는 말이라면 껌벅 죽었다.

한참 멋을 부리는 데 열중하고 있는 나이라 내가 가져다준 닉스 신발 때문에 난리가 아니었다.

아직까지 닉스의 대표가 나라는 사실을 식구들은 몰랐다.

같은 반 친구들 중 닉스 신발을 신고 다니는 사람은 아직까지 정미뿐이었다.

다른 메이커인 나이키와 아디다스, 그리고 프로스펙스를

신고 다니는 친구들도 적었다.

더구나 시중에서 구하기 힘든 닉스 신발 모두를 가지고 있
는 정미를 부러워하는 친구들은 오빠인 나를 소개시켜 달라
고 난리였다.

공부 잘해야 들어가는 서울대 예비생에다 그리 빠지지 않
는 외모와 함께 비싼 컴퓨터까지 여동생에게 아낌없이 사주
는 오빠는 대한민국에서도 흔치 않았다.

여동생은 이제 부모님의 말보다 내 말을 더 잘 들었다.

"여보세요."

—나야. 가인이.

"어, 그래."

—서재로 쓰는 방 정리해 놨으니까 시간될 때 들어오면
돼.

가인이의 목소리는 담담했다. 아니, 애써 담담해하는 척하
는 것 같았다.

"알았다. 옮길 짐은 그리 많지 않을 거야. 내일모레 토요일
에 이사하는 게 좋을 것 같다."

—준비하고 있을게. 그리고 집으로 들어오면 지켜야 할 규
칙이 있으니까 알고 있으라고.

"규칙이라니?"

—여자들만 사는 집에 들어오는데 지켜야 할 규칙이 없겠

어. 뭐 이사 오면 이야기해 줄게.

'이러다가 피곤하게 생활하는 거 아냐. 송 관장이 하도 부탁하기에 얼떨결에 승낙한 건데……'

벌여놓은 일이 많아 스트레스 받는 일도 많아진 요즘이다.

집은 편안하고 쉼을 얻는 공간이 되어야만 했다.

"알겠다. 하여간 토요일에 보자."

전화를 끊고 나니 괜히 송 관장 집에 들어가는 것이 아닌가 하는 생각이 들었다.

한 가족이 아닌 상황에서 가인이의 말처럼 여자들만 있는 집은 화장실을 이용하는 것도 불편했다.

"에라, 모르겠다. 어떻게든 되겠지. 사나이끼리의 약속인데."

송 관장과의 만남과 인연으로 많은 도움을 받은 상황에서 그의 부탁을 거절할 수는 없었다.

이제는 죽이 되든 밥이 되든 간에 두 자매와 함께 동거를 할 수밖에 없는 상황이었다.

*   *   *

집에다가는 공부에 집중하기 위해서 조용한 곳에 집을 얻었다고 말했다.

대한민국 최고의 대학을 전체 수석으로 입학한 아들이기에 부모님은 내 말에 아무런 토를 달지 않으셨다.

예전에는 못난 아들이었지만 지금은 동네에서나 친인척 간에도 최고의 아들로 소문이 난 상태였다.

공부뿐만 아니라 이제는 가족의 생계까지도 책임지는 가장의 역할을 톡톡히 해내고 있었다.

이전까지 가족의 생계를 책임지시던 어머니도 지금은 일을 나가지 않으셨다.

이곳으로 넘어오기 전까지 어머니는 너무 많은 일을 하신 탓에 퇴행성관절염이 일찍 찾아왔다.

지팡이를 의지하지 않고서는 걸음을 걷지 못할 정도까지 악화된 것이다.

병원에서 인공 관절 수술을 권했지만 돈이 부담된다고 한사코 수술을 하지 않으셨다.

모든 게 돈을 제대로 벌어오지 못한 못난 아들을 둔 탓이었다.

하지만 이제는 모든 상황이 변했다.

한 달에 내가 집에 가져다주는 생활비는 2백만 원이다.

90년대의 물가라면 한 달 동안 먹고 싶은 먹을거리를 다 사 먹고도 충분하게 저축까지 할 수 있는 돈이었다.

별도로 어머니와 아버지에게 각각 매달 25만 원의 용돈을 따로 드렸다.

여동생인 정미에게도 10만 원을 주었다.

아버지의 부도 이후 늘 돈 걱정을 하던 집안이다.

그러나 지금은 돈 때문에 걱정하는 일은 점점 줄어들고 있었다.

송 관장의 집으로 가져갈 짐은 크게 없었다.

책상과 의자는 송 관장이 쓰던 것이 있었다. 옷가지와 책, 그리고 컴퓨터만 들고 가면 되었다.

이사를 하기 위해 강호와 신구를 부를까도 생각해 보았다.

하지만 송 관장의 집을 강호가 아는 순간 복잡한 일이 생길 것이 분명하기에 생각을 접었다.

이사 당일 작은 용달차만 불렀다.

짐을 싣는 뒤쪽 칸을 다 채우지도 못했다.

어머니는 평생 처음으로 아들과 떨어지는 것이 못내 아쉬운지 용달차가 눈에서 보이지 않을 때까지 지켜보셨다.

연락을 받은 가인이와 예인이가 대문을 활짝 열어놓고 기다리고 있었다.

넓은 마당이 있는 집이라 용달차가 집 안쪽까지 들어갈 수 있었다.

"짐이 별로 없네."

가인이가 용달차에 실린 내 짐을 보며 말했다.

"단출한 게 좋은 거야. 서 있지 말고 이것 좀 받아."

나는 일부러 가인이에게 무거운 책을 건넸다.

"왜 이렇게 무거워? 읽지도 않을 책만 잔뜩 갖고 온 거 아냐?"

가인이가 퉁명스레 말했다.

"서울대생인 오빠가 읽지도 않을 책을 갖고 왔겠니? 예인이는 그거 말고 이거 들고 가면 돼."

예인이에게는 가벼운 베개를 건네주었다.

"너무 가벼운데?"

예인이는 미안한 표정을 지었다.

"무거운 건 남자가 들어야지."

"듣자듣자 하니까 이거 차별 대우 아냐?"

무거운 책을 묶은 짐을 들고 가던 가인이가 뒤를 돌아보며 물었다.

"그럼 너는 동생한테 무거운 걸 들게 할 거니? 가인이가 언니잖아."

가인이는 내 말에 토를 달지 않고 집 안으로 책을 가지고 들어갔다.

그런데 왠지 잠자는 사자의 코털을 건드린 것이 아닌가 하는 불길한 생각이 스쳤다.

짐이 많지 않은 관계로 이사는 30분 되지 않아서 끝이 났다.

가인이의 어머니가 쓰시던 서재는 말끔하게 정리되어 있었다.

시인인 어머니의 손때가 묻어 있는 곳이다.

어쩌면 추억이 깃들어 있는 이곳을 내주어야만 한 것이 가인이와 예인이에게 있어서 가장 큰 고민이었을 것이다.

2층에 위치한 서재에서는 나무들이 어우러져 있는 앞마당과 함께 동네의 전경이 한눈에 들어왔다.

글을 쓰기에는 정말 좋은 전망을 가진 곳이라는 생각이 절로 들었다.

가져온 책들을 깨끗하게 치워져 있는 책상과 빈 책꽂이에 정리했다.

"정리 다 했어?"

예인이가 음료수를 들고 올라왔다.

"어. 짐이 얼마 없잖아."

"하긴 책밖에 없더라. 점심 먹어야지?"

"오늘 이사도 했는데, 우리 외식하러 나가자."

"와! 언니한테 말할게."

예인이는 내 말에 아이처럼 좋아했다.

감정을 숨기지 않고 고스란히 드러내는 순수한 이 모습이 예인이의 가장 큰 장점이었다.

집을 나서는 두 자매의 얼굴 표정은 서로 정반대였다.

예인이는 신이 나 있지만 가인이는 아직 감정이 풀리지 않았는지 불만 섞인 표정으로 뾰루퉁해 있었다.

우리는 새롭게 유행하고 있는 코코스(Coco's) 패밀리레스토랑을 찾았다.

1988년 서울특별시 강남구 신사동에 개점한 Coco's는 서구식, 특히 미국 캘리포니아식의 음식을 공급하면서 국내 외식 문화에 패밀리레스토랑을 선보인 최초의 음식점이었다.

그 후 T.G.I Friday's, 씨즐러, 베니건스, 아웃백 스테이크를 비롯하여 수많은 외국 기업이 국내 프랜차이즈 형태로 패밀리레스토랑이 등장하였다.

초기 패밀리레스토랑의 특징은 주로 서구식 음식을 전문으로 하였다는 점이다.

미국, 호주, 아일랜드 등 나라의 연원이 소개되면서 음식도 스테이크, 치킨, 샐러드 등 서양 음식이 주로 보급되었다.

명동에 위치한 음식점에는 가족들은 물론 연인과 친구들끼리 함께 온 사람들로 북적거렸다.

"토요일이라 그런지 사람들이 무척이나 많네."

예약을 하지 않고 와서 그런지 30분을 기다려야만 했다.

"30분이나 기다려서 먹을 만한 거야?"

가인이는 말에는 가시가 있었다.

'아직도 꿍해 있구나.'

"일단 메뉴판에 있는 음식들을 골라봐. 맛이 괜찮아."

가인이와 예인이의 용돈으로는 쉽게 올 수 있는 음식점이
아니었다.

더구나 아직까지 체인점이 그리 많지 않았다.

"친구들한테 이야기는 많이 들었는데. 이게 맛있어 보인
다."

예인이가 메뉴판에 나온 음식 사진들을 손으로 가리키며
말했다.

"가인이는 어떤 걸 먹을래? 이것도 괜찮을 것 같고, 이것도
맛있겠다."

나는 꿍해져 있는 가인이의 마음을 풀어주려고 세심하게
메뉴를 골라주었다.

"뭐, 알아서 시켜줘."

그 때문인지 조금은 말투가 바뀐 것 같았다.

가인이와 예인이의 사이에 끼어 메뉴를 고르는 내 모습을
힐끗거리며 바라보는 사람들이 많았다.

이유는 가인이와 예인이 때문이었다.

어딜 가나 확연하게 드러나는 미모와 또래 애들보다 훨씬
큰 키와 몸매 때문이었다.

다행히 겨울이라 몸매가 드러나는 옷을 입고 있지는 않았지만 내가 사준 코트를 입고 나온 두 자매는 걸어 다니는 모델이었다.

더구나 실제 닉스의 모델이기도 하기 때문에 모든 닉스 신발을 가지고 있었다.

스타일이 뛰어난 닉스 신발과 예쁜 코트가 매치되자 패밀리레스토랑에 있는 어떤 여자보다 돋보였다.

여자 친구와 함께 온 남자들도 자꾸만 가인이와 예인이에게 고개를 돌리자 다투는 커플도 있었다.

다행히도 20분 만에 자리가 생겼다. 기다리면서 고른 음식들을 바로 시켰다.

새로운 음식 문화를 만들어가는 패밀리레스토랑에는 계속해서 사람들이 몰려들었다.

기다리던 음식이 차례대로 나왔다.

"정말 맛있겠다!"

예인이의 감탄사와 함께 치즈 햄버거 스테이크, 해산물 스파게티, 바비큐 치킨이 차례대로 나왔다.

기존의 레스토랑과는 차별화된 음식들이었다.

대부분이 돈가스와 함박스테이크가 주를 이루었다.

고급 레스토랑에 가야지만 정통 스테이크를 맛볼 수 있는 시대였다.

요즘처럼 체인점으로 똑같은 맛을 내는 음식 체인점과 편의점이 급속도록 늘어난 것은 90년대 중반 IMF 이후부터였다.

"냄새 좋은데?"

이 시대로 넘어와서 전부터 먹고 싶은 음식이 많았다.

하지만 아직까지 다양한 음식을 만드는 음식점이 생겨나지 않은 시대였다.

보기 좋은 음식이 맛도 좋은 법이다.

맛있는 냄새에 절로 침이 넘어갔다.

나와 예인이의 반응과 달리 가인이는 그다지 반응이 없었다.

각자가 시킨 음식을 조금씩 앞 접시에 덜어서 먹어 보았다.

지금까지 이곳으로 넘어와 먹은 음식 중에서 그나마 이전에 먹던 맛이 났다.

"나쁘지는 않네."

가인이도 이것저것 먹어본 뒤에야 입을 열었다.

역시나 가인이는 식성도 까다로웠다.

그때였다.

음식점이 술렁거리며 요란한 환호성이 들려왔다.

코코스 CF에 출연한 남자 배우와 여자 배우가 음식점을 방문한 것이다.

요즘 한참 인기를 얻고 있는 청춘스타였다.

사람들은 식사를 하다 말고 모두들 배우를 쳐다보려고 고개를 들었다.

"밥이나 먹을 것이지 뭐가 좋다고 다들 난리래."

가인이는 관심 없다는 듯이 퉁명스럽게 말했다.

이럴 때는 나와 죽이 잘 맞았다.

"그러게. 연예인이 밥 먹여주는 것도 아닌데."

"그래도 멋있잖아."

예인이는 조금은 관심이 있는 것 같았다.

"이 오빠도 저렇게 꾸미고 다니면 길거리 다니기도 힘들걸."

"말도 안 되는 소리 하지 말고 밥이나 먹지."

부지런히 음식을 섭취하고 있던 가인이 어처구니없다는 투로 말했다.

"나 참, 두 사람이 몰라서 그러는데, 어, 쟤들이 왜 이쪽으로 오지?"

남녀 배우가 식사를 하고 있는 우리 테이블로 오고 있었다.

"그러게. 왜 우리한테로 오지?"

가인이도 이상하다는 듯이 말했다.

함께 온 식당 관계자들이 그 이유에 대해 설명해 주었다.

"축하드립니다. 저희 코코스에 만 번째로 입장한 고객께 코코스 CF에 출연하신 최재성 씨, 이미연 씨와 함께 식사를 할 수 있는 특전을 드립니다."

식사를 이미 하고 있는 상황이었다.

"들어올 때 그런 소리를 못 들었는데 어찌 된 영문이죠?"

나는 입구에서 그런 이야기를 해주었어야 하는 것이 아닌가 하는 생각이 들었다.

"정말 죄송합니다. 저희 매장 직원의 실수로 다른 분을 잘못 선정했습니다."

관계자의 말을 듣자 그나마 이해가 되었다.

한데 나를 비롯하여 가인이와 예인이도 무덤덤한 반응을 보이자 두 배우가 멋쩍어하는 표정이다.

주변 테이블에서 식사하던 사람들은 실제로 청춘스타를 보자 다들 좋아서 어쩔 줄을 몰라 했다.

"한데 어쩌죠? 저희가 이미 식사를 절반 정도 했는데……."

"걱정하지 마십시오. 원하시는 메뉴를 무상으로 제공하겠습니다. 그리고 별도로 50만 원 상당의 식사권을 부상으로 드립니다."

관계자가 우리에게 호의를 베푸는 데는 다 이유가 있었다.

배우들과 식사하는 사진을 찍어서 홍보용으로 사용하려는 것이다.

그래서인지 뒤쪽으로 카메라를 들고 있는 사람이 보였다.

더욱이 가인이와 예인이는 일반인이라고는 믿기 힘들 정도의 외모를 갖추고 있었다.

음식점을 방문한 이미연보다도 오히려 더 나아 보일 정도였다.

"그냥 저희끼리 조용히 식사하면 안 되나요?"

가인이의 말에 식당 관계자와 두 배우의 얼굴 표정이 바뀌었다.

보통 사람이라면 좋아서 난리를 쳐야 할 상황이다.

"네에? 이런 좋은 기회를 놓치시겠다고요?"

난감한 표정의 관계자가 다시 물었다.

"다른 분에게 좋은 기회를 주세요. 저희는 복잡한 게 싫어서요."

가인이는 단오하게 거절 의사를 보였다.

가인이가 이 정도로 나올 것이라고는 나 또한 몰랐다.

"저희와 식사하는 게 부담스러우신가요?"

뜻밖의 거절 의사를 때문인지 지켜보던 최재성이 나섰다.

"아, 그게 아니라 저희가 오랜만에 외식을 해서 그냥 저희끼리 조용하게……."

나는 강하게 거절하는 가인이를 대신해서 이유를 말했다. 하지만 그리 어울리는 이유는 아니었다.

"재성 오빠, 그냥 가요. 우리가 아쉬워서 부탁하는 것 같잖아요."

자존심이 상했는지 이미연이 옹골차게 말했다.

한참 뜨고 있는 하이틴 스타이기에 어디 가서 이런 거절이나 대접을 받은 적이 없었다.

"복잡한 게 싫다고 하셨지요. 저도 배가 고파서요. 저희와 사진 같은 것 찍지 마시고요. 그냥 조용히 식사만 하게 해주시죠. 홍보용 사진은 따로 제가 원하는 분과 찍을 테니까요."

최재성이 시원하게 말을 했다.

그의 말에 관계자는 아쉬운 표정이었다.

가인, 예인과 함께 식사하는 사진을 찍는 것이 모양새가 좋았다.

하지만 완강하게 거부하는 것을 억지로 할 수는 없었다.

"알겠습니다. 그렇게 하시죠."

어렵게 모신 스타의 말을 무시할 수는 없었다.

최재성은 올해 1991년 10월부터 방영되는 여명의 눈동자라는 대하드라마에 출연하여 절정의 인기를 구가하게 된다.

최재성이 이렇게까지 나오자 우리도 더 이상 거부할 수가 없었다.

우리가 먹었던 식사는 치워지고 올해 새롭게 출신된 메뉴와 각자 취양에 맞는 음식이 다시 테이블에 올랐다.

사실 가인이와 예인이 때문에 겉으로는 내색하지 않았지만 젊은 시절의 이미연은 정말 예쁘기는 했다.

"하하! 저희 땜에 미안하게 됐습니다. 여동생들이 참으로 예쁘네요. 배우 하셔도 될 것 같은데요."

최재성은 가인이와 예인에게 호감을 드러냈다.

"아! 고맙습니다. 뭐, 그런 말을 자주 듣기는 합니다."

사실이었다. 이미 닉스의 모델이고 앞으로 영화에도 출연해야 될 상황이었다.

이미 가인이는 반 친구 삼촌의 스카우트 제의를 받기도 했다.

어딜 가든 눈에 띄는 외모 덕분에 길거리 캐스팅도 여러 번 당했다.

"하하하! 그렇지요? 제 눈만 정확한 게 아니네요."

최재성은 솔직한 내 말이 재미있는지 크게 웃었다.

그러나 이미연은 자신의 미모가 가인이와 예인이 때문에 빛이 나지 않자 말이 없었다.

어디를 가도 눈에 확 들어오는 이미연이 오늘따라 왠지 죽어 보였다.

가인이와 예인이는 신체 비율도 최상이었다. 청춘 인기 스타인 이미연보다도 얼굴이 작았다.

이미연과 함께 온 소속사 관계자는 자꾸만 가인이와 예인이를 유심히 살폈다.

웃음소리가 계속해서 나오자 주변에서 식사하던 사람들은 부러운 시선을 감추지 못했다.

처음에는 몰랐지만 최재성과 이미연 두 사람 모두 닉스에서 나온 새롭게 출시된 신발을 신고 있었다.

그 모습을 보자 두 사람에게 더욱 호감이 갔다.

식사가 끝나는 동안 즐겁게 이야기를 나눈 사람은 나와 최재성이었다.

가인이와 예인이, 그리고 이미연은 알게 모르게 서로를 의식하며 여자들만의 기 싸움을 벌이는 듯한 모습이었다.

"언제 연락 한번 해라. 오늘은 즐거웠다. 그리고 여동생 분들도 맛있게 식사를 하게 해주셔서 고맙습니다."

죽이 잘 맞은 최재성은 나에게 자신의 연락처를 건넸다.

그는 나를 다시 만나고 싶어했다.

은근슬쩍 올해 좋은 일이 많을 거라고 이야기해 주었다.

"예, 저도 만나서 반가웠습니다."

"저희도 맛있게 먹었습니다."

정중하게 인사를 건네는 최재성을 향해 가인이와 예인이도 반갑게 인사를 건넸다.

하지만 식사 내내 조금 불편한 기색을 내보이던 이미연은 별다른 말 없이 자리를 떠났다.

"여기 저희 회사 연락처입니다. 꼭 한번 놀러 오세요."

"저희도 여동생 분들하고 방문해 주시며 고맙겠습니다."

두 배우가 자리를 떠나자 함께 온 소속사 관계자들이 명함을 나에게 주고 갔다.

모두 가인이와 예인이 때문이었다.

'이참에 프로덕션도 한번 해볼까?

명함을 받아 들고 가인이와 예인이를 번갈아 쳐다보았다.

정말이지 완벽하다는 말밖에 나오지 않았다.

한류가 생기려면 10년이 더 있어야 하지만 두 사람을 보고 있으니 그 시간이 더 앞당겨지지 않을까 하는 생각이 들었다.

공짜 식사에 50만 원 상당의 식사권까지 얻고 좋은 추억을 가지고 음식점을 나섰다.

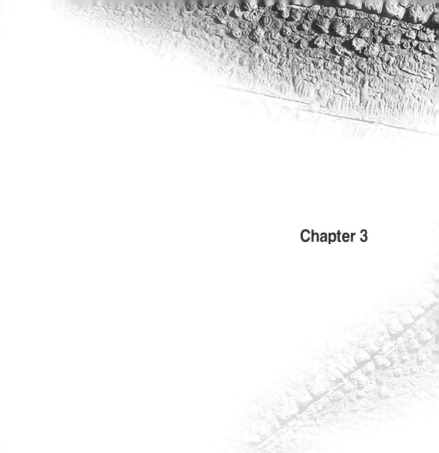

Chapter 3

　명동 상권을 확실하게 잡으려는 신세계가 야심차게 준비하는 영플라자가 개관하게 되었다.

　패션에 대한 관심이 늘어나고 있는 젊은 층을 공략하기 위한 새로운 도전이었다.

　소비 트렌드가 점차 달라지고 있는 10대와 20대를 비롯하여 30대까지 커버하기 위한 전략이기도 했다.

　영플라자에서 야심차게 내세우는 브랜드 중에 하나가 닉스였다.

　물론 다른 신발 메이커도 입점을 하지만 닉스만큼의 대접을 받지는 못했다.

닉스에게 해준 파격적인 혜택을 다른 브랜드는 받지 못한 상황이었다.

최대한 홍대와 강남 매장의 인테리어와 비슷하게 매장을 꾸몄다.

백화점이라는 특성 때문에 완벽하게 동일하게 할 수는 없지만 다른 매장과는 다른 이미지가 바로 풍겼다.

닉스 매장은 다른 매장보다 두 배 이상 넓었고 입구에 들어서면 한눈에 보이는 곳에 위치했다.

최대한 신경을 써준 느낌이 확연히 들었다.

"멋지게 나왔는데요."

동행한 정수진 실장이 인테리어가 끝난 매장을 둘러보며 말했다.

"솔직히 개방된 공간이라서 기대를 덜했는데 나쁘지가 않네요."

"이 정도면 최상이에요. 후후! 대표님은 욕심이 너무 많으세요."

정수진 실장의 말처럼 나는 항상 2013년에 보았던 세련된 감각들을 1990년대에서 찾으려고 했다.

그러다 보니 현재의 감각과 기술로는 힘든 것들이 많았다.

"제가 그런가요?"

"모르셨어요? 저희 디자이너들이 대표님의 기대에 맞추려고 얼마나 힘든데요."

"하하하! 누가 들으면 악덕 기업주로 보겠네요."

정수진의 말에 웃음이 나왔다.

"머리가 비상한 악덕 업주죠. 교묘하게 동기 유발을 하게 만들어서 스스로 밤샘을 하게 만드니까요. 뭐, 덕분에 디자이너들의 실력이 빠르게 일취월장하지만요."

"하하하! 결국 일을 많이 시키는 악덕 기업주네요?"

"깔깔! 그런가요?"

즐거운 농담으로 웃고 있는 사이 영플라자의 책임자인 배기문 부장이 다가왔다.

"뭐가 그리 재미있으십니까? 저도 좀 알려주시죠."

"나오셨습니까. 아닙니다. 저희끼리 그냥 하는 말입니다."

정수진 실장이 인사를 건네며 말했다.

영플라자 입점과 관계되는 실질적인 업무는 내 손을 떠나 정수진 실장이 전적으로 맡았다.

정수진 실장은 실무적인 일로 인해서 배기문 부장과 자주 만났다.

"대표님과 직원 분이 이렇게 허물없이 지내는 것이 보기 좋습니다. 대부분 닉스 정도 성공하게 되면 회사 사장이라는 사람들이 회사 직원이나 협력 업체에게 대하는 것이 달라지는데 말입니다."

배기문 부장의 말은 진심이었다.

닉스의 중요한 결정은 내가 하지만 내 손을 떠난 일에 대해서는 터치가 없었다.

뭐든지 믿고 맡겼다.

진행되는 일에 차질이 생기거나 문제가 발생해도 직원의 큰 실수가 아니라면 질책하지 않았다.

문제에 봉착하면 문제점의 해법을 찾기 위해 함께 고민하고 해결책을 찾았다.

그러다 보니 다른 회사보다 나이가 젊은 닉스는 생동감 있고 자유로운 분위기였다.

나는 구글이나 애플 같은 세계적인 기업들의 장점인 창의적이고 자유로운 기업 문화를 만들고 싶었다.

물론 초기에는 나 또한 직접 해보지 못한 것들이라 힘들었지만 이제는 직원들 모두가 하나둘 적응하는 분위기였다.

신발 디자이너들은 실력이 뛰어난 정수진 실장 밑에서 디자인 감각과 실력이 점점 향상되어 빠르게 성장하고 있었다.

더욱이 닉스는 직원들의 복지와 회사 내 환경에 적지 않은 돈을 투자하고 있었다.

"하하! 좋게 봐주셔서 고맙습니다. 하지만 아직 걸음마도 떼지 못한 상태입니다."

"겸손이 지나치십니다. 새로운 패션 브랜드가 단기간에 이 정도로 성공적인 론칭을 하기가 무척이나 어려운데, 저는 닉스가 새롭게 역사를 썼다고 봅니다. 그 점을 높이 사 저희가 힘들게 파트너로 모셨고요."

배기문 부장의 말은 틀린 말이 아니었다.

닉스가 시장의 판도를 바꿔놨다고 해도 틀리지 않았다. 새로운 광고 기법과 사전 예약 판매 방식은 이전에 그 누구 생각지 못한 것들이었다.

적게는 몇 년에서 많게는 10년 이상 앞선 방식이었다.

시장에서는 닉스의 성공을 주목하기 시작했다.

경쟁 업체는 물론이고 관련 학계에서도 닉스의 승승장구를 여러 각도로 분석하고 있었다.

'후후! 성공할 수밖에 없는 방식들을 도입하고 적용했으니까. 지금까지는 아무 문제 없이 달려왔지만 앞으로는 더욱 험난해지겠지.'

"이제부터가 더 중요하다고 생각합니다. 유행은 쉽게 변하게 마련이니까요. 닉스의 인기가 일시적인 거품이 되지 않도록 더욱 노력할 때라고 봅니다."

"하하하! 대표님이 이런 생각을 갖고 계시니 일시적인 거품이 되지는 않겠습니다. 제가 볼 때는 적어도 10년은 닉스가 시장을 주도할 것 같은데요."

배기문 부장은 내 말에 기분 좋은 웃음을 토해내며 말했다.

하지만 그의 말에 전적으로 동의하지는 않았다.

닉스의 목표는 10년이 아니었다.

세계적인 명품 브랜드처럼 100년 이상 세계를 주름잡는 브랜드로 키울 생각이다.

"그래야 되겠죠."

영플라자에 입점하는 브랜드의 상품들이 속속 들어오고 있었다.

"판매할 수 있는 상품은 충분히 공급해 주셔야 합니다."

배기문 부장이 내건 조건이었다.

항상 홍대와 강남 매장의 재고가 넉넉지 않았다.

새롭게 부산에 매장을 오픈할 계획도 갖고 있기 때문에 생산에 더욱 신경 써야 될 상황이었다.

부산신발연구소의 생산 라인을 총동원하고 있는 상황에서 20명의 생산 인력을 새롭게 충원했다.

닉스 신발로 인해서 부산신발연구소의 공장 가동률은 주말 할 것 없이 100%였지만 다른 신발 공장들은 점차적으로 가동률이 떨어지고 있었다.

부산신발업계가 서서히 회복될 수 없는 암흑기로 들어서고 있었다.

그런 상황에서 닉스의 약진은 부산신발업계에서도 대단한

성과로 받아들여지고 있었다.

"걱정하지 마십시오. 신규로 생산 인력을 충원하여 새로운 신발 출시에 맞춰서 생산 라인 하나를 추가했습니다."

"저는 강 대표님만 믿습니다. 닉스가 저희 영플라자의 가장 강력한 무기니까요."

배기문 부장은 이번 영플라자에 자신의 모든 것을 건 상태였다.

성공하면 임원이 되는 것은 따놓은 당상이고 실패하면 모든 책임을 지고 회사를 떠날 수밖에 없는 상황이었다.

"지원해 주신 만큼 성과를 낼 수 있게끔 영플라자 매장에 우선적으로 공급해 드리겠습니다."

백화점 입점은 닉스의 이미지를 한층 끌어올릴 것이다.

더욱이 한눈에 다른 브랜드 매장과 차별되어 보이는 닉스 매장의 크기와 인테리어가 그 역할을 해줄 것이 분명했다.

신세계는 새롭게 선보이는 영플라자에 대해서 신문은 물론 TV 광고까지 하고 있었다.

이번 주 토요일에 얼마나 많은 사람이 영플라자를 찾아와 매출을 올릴지가 관건이었다.

*　　　*　　　*

명동 거리가 들썩거렸다.

영화나 TV에서 보던 배우들과 가수들이 영플라자 개관에 맞추어 명동을 찾았기 때문이다.

초대된 배우들이 신세계의 임원들과 함께 영플라자 개관식의 테이프 커팅을 위해서 일렬로 늘어섰다.

가수는 작년에 가수왕을 차지한 변진섭을 비롯하여 강수지, 김완선, 이승환, 이상우가 참석했다.

배우는 채시라, 손창민, 최진실, 박중훈 등이 눈에 들어왔다.

모여든 사람들은 각자 자신이 좋아하는 스타들을 향해서 손을 흔들며 다들 사진 찍기에 바빴다.

"많이도 데려왔네요."

"그러게요. 신세계에서 신경을 많이 썼어요."

정수진 실장의 말에 나 또한 배우들을 유심히 살펴보았다.

함께 온 직원들도 자신이 좋아하는 가수와 배우들에게 열심히 손을 흔들고 있었다.

테이프 커팅이 끝나자 참석한 가수들의 특별 공연히 펼쳐졌다.

사람들이 점점 더 밀려들기 시작했다.

우리는 아쉽지만 매장을 정리하기 위해 안으로 이동했다.

직원들이 밤을 새워가면서 새로운 매장을 정리해 놓았다.

신규로 오픈된 영플라자 명동 매장에는 특별히 새롭게 출시 예정인 닉스에어-X(엑스)와 닉스에어-Z(제트)를 전시해 놓았다.

또한 신발을 구매하는 사람들 중 열 명을 추첨해서 닉스에어-Z와 닉스에어-X를 선물하는 이벤트를 열었다.

부산에서 공급된 천삼백 켤레의 신발을 준비했다.

이미 광고를 통해서 닉스가 영플라자에 입점하는 것과 닉스에어-X와 닉스에어-Z를 추첨해서 준다는 소식이 광고를 통해서 전해졌다.

영플라자 앞에는 공연을 보는 젊은이들과 영플라자에 먼저 입장하려는 젊은이들로 북새통을 이루고 있었다.

시간이 지날수록 몰려드는 사람들이 늘어났다.

오픈 예정 시간인 11시에 맞추었다가는 사고가 날 정도로 혼잡해졌다.

할 수 없이 30분 일찍 영플라자의 문이 올라갔다.

앞에 줄을 선 사람들은 자신이 원하는 매장을 향해서 뛰었다.

대부분 닉스 매장으로 향하는 사람들이었다.

홍대와 강남 매장에 들어가려던 닉스-Black 오백 켤레가 우선적으로 명동 매장으로 공급되었다.

아니나 다를까, 홍대와 강남 매장에서 보이던 모습이 명동 매장에도 연출되었다.

한순간에 길게 늘어선 줄로 인해서 다른 매장의 입구를 막아서는 일이 벌어졌다.

더구나 새롭게 출시되는 닉스에어-Z와 닉스에어-X를 살펴보려는 사람들로 인해 매장은 더욱 혼잡했다.

새로운 닉스에어 시리즈는 사람들의 이목을 받기에 충분했다.

세련된 디자인과 독특한 에어쿠셔닝이 신선하고 새롭게 다가왔다.

사람들은 집중적으로 출시 일에 대해서 물어보았다. 아직까지 두 제품은 정확한 날짜가 확정되지 않았다.

혼잡한 상황은 오후 내내 이어졌다.

판매 직원 일곱 명에 본사 직원 다섯 명이 지원을 나섰지만 몰려드는 사람들을 감당하기가 힘에 부쳤다.

신세계에서도 긴급하게 진행 요원들을 투입하여 질서를 잡으려고 애를 썼다.

직원 모두가 화장실 갈 틈도 없이 판매에 매달렸다.

저녁 8시가 못 되어서 준비한 모든 신발이 팔려 나갔다.

품절이라는 문구가 걸려 있는데도 닉스에어 시리즈를 보려는 사람들이 계속 몰려들었다.

영플라자에 입점한 닉스는 대성공이었다.

신세계백화점 관계자들도 놀라는 모습이 역력했다.

사실 배기문 부장의 파격적인 지원을 못마땅하게 여기는 회사 관계자들도 많았다.

다른 제품들과 너무나 다른 조건 때문이었다. 하지만 오늘 닉스의 파급력이 얼마나 대단한지 눈으로 똑똑히 목격했다.

닉스에 대한 보고는 곧장 신세계백화점 최고위층에게 전해졌다.

신세계백화점 이명화 회장이 매장을 방문하려 했지만 몰려든 사람들로 인해서 접근조차 하지 못했다.

영플라자가 오늘 하루 판매한 매출액은 예상한 금액보다 1억 8천만 원을 초과했다.

닉스의 판매액이 크게 작용한 결과였다.

더욱이 닉스에의 시리즈에 대한 이벤트는 대단히 성공적이었다.

배기문 부장은 영플라자의 성공적인 개관식으로 인해 고위층에게 크게 칭찬을 들었다.

"정말 수고 많으셨습니다. 저녁 식사를 함께하시죠?"

만면에 웃음을 머금은 배기문 부장이다.

"저보다는 직원들이 고생을 많이 했습니다. 식사도 못하고 화장실 갈 시간도 없었으니까요."

"제가 오늘 단단히 한턱내겠습니다. 직원들도 모두 함께 가시죠."

"맛있는 것 많이 사주셔야 하는데요."

"하하하! 걱정하지 마십시오. 접대비는 충분합니다. 그런데 내일 판매할 신발 재고는 충분하십니까?"

닉스에 몰려든 사람들은 배기문의 예상대로 다른 매장의 매출로 이어졌다.

힘들게 백화점을 방문한 사람들은 한 군데만 들르지 않았다.

"예, 5천 7백 켤레를 준비해 두었습니다. 다음 주에 7천 켤레가 생산되어 나오니까 수량은 어느 정도 맞출 수 있습니다. 덕분에 홍대와 강남 매장의 물량이 모자라네요."

"저희가 도와주시는 만큼 보답을 해드리겠습니다."

배기문 부장은 닉스가 앞으로 대한민국의 신발 시장을 장악하는 것은 물론이고 패션 시장에 새바람을 일으킬 것을 확신했다.

분명 다른 백화점에서도 닉스를 끌어들이기 위해 적극적으로 나올 것이 분명하기 때문이다.

*   *   *

아침마다 전쟁이었다.

편안하게 화장실을 이용하던 때와는 완전히 달랐다.

가인이와 예인이는 화장실에 들어가면 보통 10분 이상 걸렸다.

더구나 화장실에 가는 시간이 이상하게도 매번 겹쳤다.

"정말 죽겠네."

어제 너무 과하게 먹은 것이 탈이 났다.

명동의 유명한 고기 집에서 나온 육회가 너무나 신선하고 먹음직스러웠다.

거기다가 직원들이 건네주는 술을 너무 넙죽넙죽 받아 마신 것이 문제였다.

배를 움켜잡은 채 화장실 앞에서 발을 동동 구르고 있는데도 안에 들어간 가인이는 나올 생각을 하지 않았다.

"가인아, 좀 빨리 나오면 안 되겠니?"

문을 두드리며 간절하게 말해도 대답이 없었다.

"정말 미치겠네."

버티는 데도 한계가 있었다.

요동치는 폭풍이 몰아치는 뱃속과 함께 같은 거대한 파도가 연달아 항문으로 몰려들었다.

'아흑! 이러다가 정말 싸겠다. 나가서 마당에라도……'

하지만 움직일 수조차도 없었다.

한 걸음이라도 떼는 순간 모든 것이 쏟아질 것만 같았다.

탁탁!

"가인아! 나 좀 살려줘라!"

이제는 말조차 나오지 않았다.

꾸르륵! 꾸르륵릉!

천지가 요동하는 소리가 뱃속에서 들려왔다.

이제는 카운트다운이 시작되었다.

9, 8, 7, 6, 5, 4, 3…….

발사 순간 3초를 남겨두고 문이 열렸다.

후다닥!

"물 제대로 내려! 환기도 시키고!"

가인이의 말이 들리지 않았다.

전광석화가 따로 없었다.

바지를 내리고 변기에 앉기까지 1초도 걸리지 않는 것 같았다.

부르르륵! 뿌지찌찍! 뿌우—찌익!

항문을 통해서 전해져 오는 우렁찬 소리는 오케스트라의 합주였다.

"아, 살았다!"

절로 감탄사가 나왔다.

눈을 감은 채 뱃속의 편안함을 느끼는 순간이었다. 왠지 뭔가 이상하다는 느낌이 늘었다.

지그시 감았던 눈을 떴다.

그제야 서늘한 느낌이 얼굴에 전달되는 이유를 알았다.

화장실 문이 활짝 열려져 있었다.

문앞에는 가인이가 어이없다는 표정으로 바라보고 있었다.

너무나 급한 나머지 화장실 문도 닫지 않은 채 바지를 내리는 것에만 온 신경을 집중한 것이다.

"왜 그러고 사니?"

가인의 말과 함께,

쾅!

화장실 문이 강하게 닫혔다.

"어휴! 이 빙신아, 아무리 급해도 그렇지."

평생 보여주지 말아야 할 모습을 한꺼번에 적나라하게 보여준 것이다.

쪽팔림을 넘어서 한마디로 개망신이었다.

뱃속에는 평화가 찾아왔지만 그보다 더 큰 고통과 먹구름이 몰려오는 것만 같았다.

곰곰이 생각해 보니 가인이에게 절대로 보여주지 말아야 할 부위도 보여준 것 같다는 생각이 들었다.

쉽게 화장실 문을 열고 밖으로 나갈 수가 없었다.

한동안 생각하는 로댕처럼 화장실 변기에 멍하니 앉아 있었다.

똑똑! 똑똑!

"오빠, 아직 더 있어야 해요? 나도 씻어야 하는데."

예인이가 밖에서 문을 두드리며 말했다.

'젠장! 가인이가 예인이에게 말했으면……. 아, 이 집으로 들어오는 게 아니었어.'

쪽팔림 때문에 예인이의 목소리가 들리지 않았다.

그때 가인이의 목소리가 들려왔다.

"빨리 안 나오고 뭐해!"

그 순간 나도 모르게 주인의 부름에 달려가는 개처럼 화장실 문을 열고는 이 층으로 부리나케 달려 올라갔다.

"오빠 다……"

말을 건네는 예인이에게는 대꾸도 하지 않았다.

"오빠 왜 저러는 거야?"

뒤에 있는 가인에게 예인이가 물었다.

"직접 물어봐라! 아주 볼 만하더라! 서라운드로 들려오는 웅장한 연주에다가……. 아니다! 말을 말아야지!"

가인이는 일부러 나에게 들리도록 큰 소리로 말했다.

"어휴! 쪽팔려. 내가 죽어야지."

얼굴에서 열이 났다.

이 나이를 먹고서 이런 개망신은 처음이었다.

가인이가 예인이에게 말한다면 이 집에서 생활하는 것도 끝이었다.

Chapter 4

밥을 먹으러 내려오라는 예인이의 말에 건성으로 대답하고는 곧장 집을 나서기 위해 신발을 신을 때였다.

"오빠, 북엇국 끓여놨어. 먹고 나가."

어젯밤 문을 열어준 예인이는 내가 술을 많이 먹고 온 것을 알고 있었다.

"어, 괜찮아. 고맙지만 지금 빨리 나가봐야 해서."

그 순간 듣고 싶지 않은 목소리가 들려왔다.

"예인아, 그냥 와라. 지금 목구멍으로 밥 넘길 기분이 아닐 거다. 아니다. 내 앞에서 뻔뻔하게 밥을 먹을 수가 없겠지."

가인이의 말을 듣는 순간 내 얼굴이 다시 홍당무처럼 변해 버렸다.

"언니가 무슨 말 하는 거예요?"

"어, 내가 속이 좀 좋지 않아서."

"오빠 안색이 좋지 않아요. 술은 조금만 드세요."

예인이는 진정으로 걱정하는 모습이었다.

"그래, 고맙다. 이따가 보자."

더 이상 지체했다가는 가인이에게서 무슨 말이 튀어나올지 몰랐다.

꼬르륵! 꼬르르륵!

버스정류장을 향해 가는 동안 빈 뱃속에서 먹을 것을 넣으라는 신호를 계속해서 보내왔다.

사실 예인이가 끓여놓은 북엇국이 무척이나 먹고 싶었다.

송 관장이 집에 머물렀을 때에도 예인이가 끓여준 북엇국은 정말 예술이었다.

엄마가 끓여주던 북엇국보다도 시원하고 맛있었다.

"아휴! 집에는 또 어떻게 들어가나. 정말 가인이가 아무 말도 말아야 하는데……."

고픈 배를 움켜쥐고 명성전자로 향했다.

명성전자는 분주하게 움직이고 있었다.

정대웅 사건 이후 구조조정을 통해서 불필요한 임원들이

회사를 떠났다.

　회사에 큰일이 터졌을 때 책임을 회피하기만 하던 중간 관리자들도 보다 젊고 능력 있는 인물들로 교체되었다.

　나는 명성전자의 모든 직원을 한자리에 모아놓고 자신이 맡은 일을 책임감 있게 최선을 다하는 직원에 대해서는 반드시 보답하겠다고 말했다.

　연공 서열보다는 창의적이고 책임감이 넘치는 인재를 그에 걸맞은 자리에 앉히겠다는 말도 함께 전했다.

　부장에서 상무로 진급한 박철용 상무에게 직원들의 복지에 관한 사항을 전반적으로 재검토하라고 지시를 내렸다.

　진정으로 명성전자에서 열심히 일하고 싶은 마음이 들도록 회사의 환경을 하나둘 바꿔 나갈 예정이었다.

　우선적으로 명성전자의 구내식당을 새롭게 단장했다.

　깔끔하고 청결한 모습으로 탈바꿈한 구내식당은 대기업의 구내식당보다도 훨씬 나아 보였다.

　이전에는 밥을 해주는 아주머니 네 명에서 모든 것을 준비했다.

　보다 철저하게 구내식당을 운영하기 위해서 영양사와 함께 한식과 양식 조리자격증이 있는 직원을 채용했다.

　또한 쌀을 비롯하여 반찬을 만드는 데 들어가는 부식거리 구매 비용도 두 배로 늘렸다.

보다 좋은 쌀로 밥을 지었고 반찬 가짓수도 두 가지나 더 늘어났다.

영양을 고려한 일주일치 식단표에는 한식과 양식을 비롯하여 중식도 제공되었다.

요즘에는 흔하지만 지금 1991년도에는 대기업에서나 가능한 구내식당이었다.

대기업의 구내식당보다도 질적으로 훨씬 훌륭한 식단이었다. 이러한 변화는 직원들의 얼굴 표정에 바로 나타났다.

명성전자를 방문한 타사 직원들이나 협력 업체 직원들은 구내식당에서 식사를 하고 나서는 이구동성으로 명성전자에 다니고 싶다는 말을 서슴없이 내뱉었다.

모든 것을 한꺼번에 바꿀 수는 없겠지만 직원들이 몸으로 직접 느낄 수 있는 것부터 변화시키고 있었다.

다행인 것은 드림—I가 꾸준한 사랑을 받고 있었다.

컴퓨터를 구입하는 기업체들이 늘어난 결과이기도 했지만 현대전자에 납품하는 사실이 알려지자 일선 학교에 공급되는 드림—I가 두 배 이상 늘어났다.

현대전자의 납품 성과는 드림—I의 우수성을 더욱 알리게 된 계기가 되었다.

명성전자에서 만들어지는 드림—I는 월 1,100대였다. 그중에 700대는 현대전자에 납품되고 있었다.

현대전자는 월 1,000대를 요구했지만 현재의 명성전자의 생산 능력으로는 커버할 수 없는 수량이었다.

고성능의 드림—II도 꾸준히 주문이 늘고 있었다.

가격대가 200만 원이 넘어가기 때문에 일반인과 학생들은 대부분 드림—I를 선호했다.

용산에 있는 비전전자에서도 월 300대를 제작하여 개인과 소규모 업체에 공급하고 있었다.

비전전자는 PC 부품 판매가 지속적으로 늘어났다.

이제는 용산에서 판매되는 PC 매출의 절반에 해당되는 매출이 부품 판매에서 나오고 있었다.

명성전자와 비전전자 모두 매출이 꾸준히 늘어나고 있었다.

"대표님, 김동철이라는 분이 찾아오셨습니다."

인터폰에서 들려오는 비서의 목소리였다.

"들어오시라고 하세요."

맥슨전자의 김동철은 용산의 한 전화기 판매점에서 만났다.

"어서 오세요. 자, 이쪽으로 앉으세요."

나는 김동철에게 자리를 권했다.

그는 나에게서 명함을 건네받고 보름 후에 연락이 왔다.

그동안 김동철에게 어떤 변화가 생긴 것 같았다.

"고맙습니다. 명함을 건네받을 때는 긴가민가했는데, 이렇게 직접 회사를 방문하니까 대표님의 말씀이 하나도 틀리지 않네요."

김동철은 사장실에 앉아 있는 나를 직접 보고서야 내 말이 거짓이 아니라는 것을 확신하는 것 같았다.

여비서가 차를 가지고 들어왔다.

"하하! 그러셨어요. 처음에는 누구나 다 그렇습니다."

누구나 처음 내 모습을 보고는 내가 하는 말을 믿으려 하지 않았다.

다음 주면 고등학교를 졸업하는 스물 살밖에 되지 않은 내가 세 개의 크고 작은 회사의 대표라는 사실을 믿기가 힘든 것이다.

아직도 앳된 얼굴을 하고 있는 나를 처음 접하는 사람들은 회사의 대표로 대하기보다는 무시하는 경향이 더 많았다.

"강 대표님의 말을 듣고서 한동안 고민 많이 했습니다. 그런 와중에 지금의 회사가 너무 정체되고 현실에 안주하려는 모습에서 실망하는 차였습니다."

김동철은 회사를 위해 열심히 일하는 사람이었다.

하지만 부서 상사를 잘못 만난 탓에 그가 노력한 결과물을 부서장이 여러 번 가로챘다.

이번에도 그가 올린 계획안을 상황에 맞지 않는다며 반려

하고는 마치 자신이 계획한 것처럼 포장하여 회사에 보고하여 호평을 받았다.

이러한 회사 상황에 실망한 김동철은 더 이상 자신이 설 자리가 없다고 판단을 내렸다. 김동철은 명성전자에 근무하는 정대철 대리를 통해서 변화된 명성전자에 대해 전해 들었다.

그리고 나서 명성전자를 찾아온 것이다.

"저는 한 가지는 약속해 드릴 수 있습니다. 회사의 주인은 제가 아니라 함께 근무하는 직원이라는 점입니다. 회사에서 발생되는 이익을 저는 최대한 직원 분들에게 돌려드릴 생각입니다. 물론 그만큼 회사에 이익이 발생하고 회사가 성장해야 가능한 일입니다. 명성전자에 근무하는 직원들이 한마음으로 함께하지 않는다면 저 혼자만으로는 이룰 수 없는 일이기도 합니다. 저는 지금까지 제가 한 말을 지켜왔고 행동으로 보여 왔습니다."

나는 자신 있게 말했다. 모든 것은 사실이고 결과로도 나타났다. 어느 누구보다 열심히 노력했고 말보다는 행동으로 먼저 보여주었다.

그렇지 않았다면 누구도 어린 나를 따르지 않았을 것이다.

"대표님의 말씀에 신뢰가 갑니다. 사실 정대철 대리에게 이것저것 많은 것을 물어봤습니다. 그 친구는 저에게 명성전자가 대한민국 최고의 자리에 올라설 것이라고 확신에 찬 표정으로 이야기했습니다. 그리고 일하는 게 재미있다는 말까지 하더라고요. 이전까지는 회사가 비전도 없고 일도 재미없다는 말을 달고 살던 친구인데 말입니다."

김동철은 말을 마치고는 앞에 놓인 차를 마셨다.

"하하! 정대철 대리가 좋은 이야기만 했네요. 사실 저는 일도 많이 시키는 사람입니다."

"제대로 된 일이라면 저는 언제든지 좋습니다."

김동철은 주저하지 않고 자신의 의사를 피력했다.

"그럼 저와 함께 통신 시장에 새바람을 한번 일으켜 볼까요?"

김동철이 마음을 굳혔다는 생각이 들었다.

"대표님께서 기회를 주신다면 최선을 다해보겠습니다."

그는 이미 회사에 사표를 제출한 상태였다.

"좋습니다. 우리 한번 대한민국의 통신 시장을 넘어 세계에서 으뜸가는 통신 회사로 만들어봅시다."

나는 말을 끝내고는 김동철에게 악수를 청했다.

참으로 거창한 말이었다.

현재까지 아무런 준비가 되어 있지 않은 상황에서 나와 김동철만의 꿈같은 이야기였다.

누가 지금 이 말을 듣는다면 정말 허무맹랑한 이야기로 여겼을 것이다.

하지만 나는 성공할 자신과 확신이 있었다.

"예, 대표님의 말씀처럼 반드시 그렇게 해보겠습니다."

김동철은 자신감 있는 대답을 해주었다.

＊　　　＊　　　＊

명성전자에 새로운 연구소가 차려졌다.

처음 생각했던 것과 달리 새로운 통신 회사를 신규로 설립하기로 마음먹었다.

명성전자는 신규로 설립할 회사의 제품을 제조하여 판매하는 회사로 자리 잡게 만들 생각이다.

새롭게 세워질 회사의 이름이 필요했다.

여러 가지 회사명을 생각해 보았다.

국내에만 머물지 않고 세계로 뻗어 나갈 수 있는 회사명을 생각하다 보니 멋진 회사명이 쉽게 떠오르지가 않았다.

좋아진 머리를 쥐어짜냈지만 소용이 없었다.

그러던 어느 날 갑자기 생각난 것이 블루오션(Blue Ocean)이었다.

한때 국내외적으로 크게 영향을 끼친 개념이다.

블루오션이란 기존의 경쟁이 심해 피투성이로 싸우는 '레드 오션(Red Ocean)'에서 경쟁자를 이기는 데 집중하는 대신

경쟁자가 없는 새로운 시장을 창출하자는 것을 말한다.

1990년대 중반 프랑스 인시아드 경영대학원 교수 김위찬과 르네 마보안이 저술한 『블루오션 전처』란 책에서 처음 언급한 이 개념은 2005년 3월 국내에 번역본이 나오고 정보통신부장관 진대제가 대통령 노무현에게 추천했다는 사실이 알려지면서 일반인에게도 퍼지기 시작했다.

블루오션은 남들과 구별되는 전략적 창의성과 독창적 가치의 새로운 상품이나 사업 전략으로 고수익과 무한 성장이 가능한 신시장을 열어야 한다는 전략이다.

다시 말해 고기가 많이 잡힐 수 있는 넓고 깊은 푸른 바다를 말하는데, 한 기업에서만 신기술의 신제품이 개발되어 팔리는 무경쟁 시장을 말한다.

새로운 시장을 개척해 독점적으로 시장을 선점하는 전략에서 나온 개념은 회사명으로 쓰기에도 좋았다.

김동철은 블루오션(경쟁 없는 유망 시장)이라는 회사명에 어리둥절한 표정이었다.

통신 회사의 이름치고는 그리 어울리지 않는 이름이었다.

김동철은 좀 더 첨단적이고 기술적인 이름이 들어간 회사명을 들고 왔다.

그가 창업한 텔슨전자였다.

김동철은 통신 회사의 이미지에 걸맞은 회사명에는 블루

오션보다 텔슨이 좋다고 주장했다.

그는 사소한 것 하나에도 열정을 갖고 일하는 스타일이었다.

회사 대표인 나를 설득하기 위해 준비한 것들을 하나둘 나열하며 나를 이해시키려 했다.

하지만 나는 텔슨보다는 세계적으로 나갈 이름에 있어서는 블루오션이 더 좋아 보였다.

김동철에게 블루오션에 담긴 뜻과 이상을 이야기해 주자 그제야 이해하며 자신의 주장한 회사명을 포기했다.

회사명이 정해지자 그는 곧바로 자신과 뜻이 맞는 팀을 꾸리기 위해 동분서주하며 사람들을 만나기 시작했다.

＊　　　＊　　　＊

오랜만에 학교에 나갔다.

졸업식 예행 연습 때문이었다.

친구들은 서로들 오랜만에 만나서 그런지 이야기보따리를 풀어놓고 있었다.

대부분 각자가 가고자 하는 진로가 정해진 상태였다.

대학교에 입학한 친구도 있고 취업에 성공해서 회사에 정식으로 입사한 친구들도 있었다.

어느새 이곳으로 돌아와 생활한 지도 1년이라는 시간이 지나가 버렸다.

하루하루가 너무나 새롭고 어리둥절하기만 했다.

'후후! 이전에는 졸업한 후 뭘 해야 하는지도 몰랐는데……'

정말 그랬다.

무엇을 어떻게 해야 될지 막막했다. 취업은 되었지만 진정으로 원하는 일도 아니었다.

단지 친구들처럼 취업을 해야만 하는 것으로 생각했다.

회사를 다닌 지 1년 후, 나는 배움의 필요성을 느껴 다시 대학문을 두드렸다.

"뭐가 그리 즐거워서 실실 웃고 있냐?"

강호였다.

바쁜 생활 때문에 강호와도 자주 만나지 못했다.

"어, 왔냐? 그냥 졸업한다니까 실감이 나질 않아서."

"실감이 안 나긴, 나는 하루라도 빨리 이곳을 벗어나고 싶다. 이 자유로운 영혼을 가둬놓은 이 학교에서 말이다."

강호의 말에 어이가 없었다.

"나 원 참, 너는 항상 자유로웠어. 공부는 학교에 들어온 순간부터 일찌감치 포기한 상태였고 지금은 대학 진학까지 포기했고. 내가 볼 때는 여자만 포기하면 진정 자유로운 영혼이 되겠는데 말이야."

강호는 대학에 진학해 보라는 내 말을 듣지 않았다.

그 이유가 다시금 책을 보며 공부하는 게 싫은 것도 있지만 현재 비전전자의 일이 벅차다는 것 때문이었다.

그것도 어쩌면 단순한 핑계일 수 있었다.

하지만 목적과 꿈도 없이 대학에 무작정 들어가는 것도 문제는 있었다.

"그 말은 속세를 떠나 산으로 들어가 구도자의 삶을 살라는 말과 같다. 친구가 그렇게 말하면 섭섭하지. 여자는 나에게 있어서 사막의 오아시스와 같은 존재다. 고로 여자를 포기한다는 것은 내가 살아가는 목적과 의미를 잃어버리는 것과 같단 말이야."

강호는 확고한 신념을 가지고 있었다.

"하여간에 잘났어."

"그건 그렇고, 예인 씨는 잘 있냐? 졸업식 날 온대냐?"

강호는 호기심 가득한 표정으로 물었다. 강호가 나를 만날 때마다 물어보는 말이기도 했다.

요즘 강호에게 있어 예인이는 최대의 관심사였다.

"너 때문에 오지 않을 것 같은데?"

"왜? 내가 뭘 어쨌다고?"

내 말에 인상이 찌그러진 강호가 다시 물었다.

"이 여자 저 여자 예쁘면 다 찝쩍거리는데 예인이가 널 좋아하겠냐? 일찌감치 꿈 깨고 정신 차려라."

"열 번 찍어 안 넘어가는 나무 없다. 그리고 이거 봐라."

강호는 자신이 신고 있는 신발을 들어 보였다.

이번 겨울에 나온 닉스―Black(블랙)이었다.

"오! 닉스 신발이네?"

아직까지 내가 닉스의 대표라는 사실을 강호와 신구에게 말하지 않았다.

"이게 보통 구하기 어려운 신발이 아니야. 내가 예인 씨에게 하나 선물하려고 한다."

돈에 궁하지 않게 된 강호는 씀씀이가 많이 커져 있었다.

"좋은 생각인데, 내가 볼 때는 예인이에게 그런 선물은 별로일 것 같은데."

"하하하! 네가 몰라서 그러는데, 이 신발이……. 가만, 너 신발이 특이하다?"

강호의 말처럼 나는 앞으로 출시 예정인 닉스에어―I를 신고 있었다.

시제품으로 모두 열 켤레가 제작된 상태였다. 현재 내구성과 착용감 등 다양한 형태의 시험을 하고 있었다.

나 또한 신발의 착용감과 착화감을 테스트 중이었다.

"어! 그냥 보세야. 동대문을 지나다가 독특해서 하나 샀는데 그냥 그러네."

나는 대충 둘러댔다.

"정말이지, 사장이 더한다니까. 그냥 좋은 신발로 하나 장만해라."

다행히 강호는 내 말에 더 이상 신발에 관심을 갖지 않았다.

"그래야겠다. 신발은 신을 만하냐?"

나는 강호에게 닉스 신발에 대해 물었다.

"그걸 말이라고 하냐. 나이키와 비교해 봤는데 정말 이 신발은 물건이다. 다른 말이 필요 없고 완전 따봉이다."

취업을 한 친구들도 월급을 받아선지 이제는 브랜드 신발을 신고 있었다. 그중에서도 닉스 신발을 신고 있는 사람은 강호와 신구뿐이었다.

두 사람은 홍대에서 두 시간을 기다려서 간신히 구입했다고 나에게 자랑했다.

반 친구들도 강호와 신구가 신고 있는 신발을 부러운 듯 바라보았다. 때가 되면 두 사람에게는 새로운 닉스 신발을 주어야겠다는 생각이 들었다.

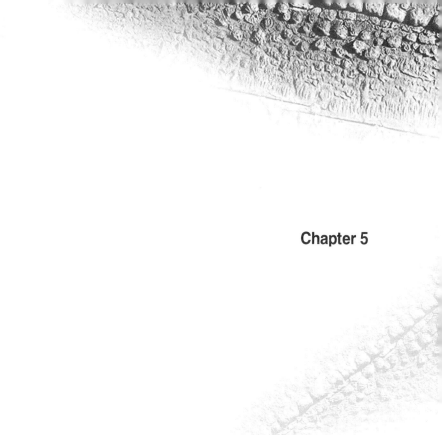

Chapter 5

졸업식에는 부모님과 여동생, 그리고 가인이와 예인이가
와주었다.

시끌벅적한 졸업식장에서 졸업자 대표로 내가 선발되었
다.

학교에서 주는 장학금 증서와 졸업장을 대표로 받았다.

교장선생님은 졸업식 연설에서 나에 대한 칭찬을 과할 정
도로 해주었다.

용선공업고등학교 개교 이래 서울대를 입학한 최초의 학
생이자 수석으로 입학한 것이다.

이런 일은 이전에도 없었지만 앞으로도 가능성이 없는 일이다.

졸업식에 참석한 사람들 모두가 부러운 시선을 보냈다.

입가에 웃음이 떠나지 않는 부모님은 자랑스러움을 감추지 못하는 모습이었다.

가인이와 예인이는 진심으로 졸업을 축하해 주었다.

예인을 발견한 강호가 주변을 계속해서 맴돌았지만 졸업식에 참석한 강호의 가족들에 의해 끌려가다시피 식당으로 향했다.

닉스를 비롯한 명성전자 등 회사 관계자들은 절대로 졸업식에 오지 못하게 했다.

아직은 운영하는 회사를 친구들이나 아는 사람들에게 드러내고 싶지 않았다.

정미는 가인이와 예인이를 보고는 눈이 휘둥그레졌다.

여생동의 키는 160㎝가 간신히 넘었다. 한데 가인이와 예인이의 키는 173㎝를 넘었다.

지금도 두 사람의 키는 계속 자라고 있었다.

여동생은 계속해서 두 사람에 대해 물었다. 가까운 사람이 아니라면 시간을 내서 졸업식에 참석하지 않기 때문이다.

"누구야? 여자 친구냐?"

"아니라고. 아는 동생들이야."

"분위기상 아닌 것 같은데? 몇 살이냐?"

"너보다 한 살 많다. 언니라고."

"허! 대박이다. 한데 둘 다 키가 왜 이렇게 크냐? 모델이야?"

"궁금하면 직접 물어봐라."

가인이와 예인이는 부모님께 인사를 하고 있었다.

"언니들, 둘 중에 누가 우리 오빠 여자 친구예요?"

순간 예상하지도 못한 말이 정미의 입에서 나왔다.

이 말에 가인이와 예인이는 둘 다 얼굴이 붉어지며 아무 말도 하지 못했다.

"야, 계집애가! 그런 거 아니라니까! 빨리 가서 식사나 하자."

"둘 다 아주 참한데. 나는 아무나 태수와 짝이 되도 좋겠구나."

엄마는 한 술 더 떠 마치 신붓감을 보는 듯이 말했다.

"엄마까지 왜 그러세요. 친한 여동생들이에요. 제가 운동하는 체육관 관장님 따님이라고요."

"내가 뭐라 그랬니? 앞으로 더 잘 지내라는 거지. 안 그래요?"

"예, 어머니."

"잘 지내고 있습니다."

가인이와 예인이의 얼굴은 둘 다 홍당무가 되어 있었다.

"둘 다 배고프겠네. 어서 가서 식사들 해요."

엄마는 가인이와 예인이를 무척이나 마음에 들어하시는 것 같았다.

학교에서 조금 떨어진 깔끔하고 고급스러운 중식당에서 식사하기 위해 이동했다.

학교 근처에 자리 잡고 있는 식당들은 자리가 없었다.

미리 예약을 한 상태라 음식들이 곧바로 나왔다. 화교가 운영하는 이곳은 비싸기로 유명한 중식당이기도 했다.

비싼 값 때문인지 신선한 재료로 만든 음식들은 무척이나 맛깔스러웠다.

가족들과 이런 맛난 음식을 마음껏 먹을 수 있다는 게 너무나 행복했다.

중학교를 졸업할 때에도 중국집에서 식사를 했다.

납품 업체의 급한 납품 건 때문에 아버지는 기름때가 묻은 작업복을 입은 채로 졸업식이 끝나갈 무렵에 오셨다.

먹은 음식은 탕수육이었다. 공장이 기울기 시작한 무렵이라 참으로 힘든 시절이었다.

탕수육도 그때는 우리 가족에게는 사치스런 음식이었다.

옛일이 떠오르니 괜스레 눈물이 고였다.

주식에 모든 인생을 걸던 때에도 항상 이런 따뜻함을 느끼고 싶었다. 이전의 삶에서는 그다지 느껴보지 못한 감정이다.

"왜 그러니? 맛이 없니?"

멍하니 음식을 바라보고 있는 나를 보고 아버지가 물었다.

"아니에요. 옛날 일이 갑자기 떠올라서요."

"그래, 하여간에 오늘은 정말 아버지가 행복하다. 네가 이렇게 자랑스러울 수가 없다."

말을 하시는 아버지의 눈가가 붉어졌다. 그리고 끝내 기쁨의 눈물을 흘리셨다.

"이 좋은 날에 눈물을 보이세요?"

엄마가 옆에서 휴지를 건네면서 말했다. 엄마도 눈가에 눈물이 그렁그렁했다.

"하하! 좋아서 그렇지. 내 아들이 자랑스러워서."

무뚝뚝한 아버지가 이렇게 직접적으로 표현하는 것을 처음 보았다.

'아! 이게 행복이구나.'

이곳으로 다시 넘어오기 전까지 아버지와는 깊은 추억이 없었다. 아버지가 돌아가시고 난 후부터 늘 그것이 마음의 짐으로 남아 있었다.

"앞으로 더 자랑스러운 모습을 보이도록 하겠습니다."

"그래, 그래야지. 졸업을 진심으로 축하한다. 자, 한잔 받아라."

"애한테 술을 왜 줘요?"

엄마는 아직도 내가 술을 못 마시는 줄 알고 있었다.

"애라니? 이제는 어엿한 성인이지. 대학교에 들어가면 술을 마실 텐데, 술은 어른한테 배우는 거야."

"예, 아버지. 한잔 주세요."

아버지가 따라주는 술을 공손히 받아 들고는 아버지에게도 따라주었다.

건강상의 문제로 술을 끊으셨지만 요새는 많이 좋아지셔서 반주로 인삼주를 한잔씩 하셨다.

마음이 편하고 행복해서인지 모든 음식이 꿀맛이었다.

가인이와 예인이도 맛있게 식사를 했다.

두 사람은 어느새 여동생과 친해져 즐겁게 수다를 떨고 있었다.

정미는 학교에서 나를 노리는 친구들과 선배들이 있었는데 가인이와 예인이의 등장으로 모두 끝났다는 말을 재미있게 떠들고 있었다.

정미는 자신이 다니는 학교의 어느 누구도 가인이와 예인이의 미모에는 근처도 따라오지 못한다는 말로 두 사람을 칭찬했다.

부모님이 계셔서인지 가인이는 나의 여자 친구가 아니냐는 동생의 말에도 침묵을 지켰다.

평소에 보지 못한 다소곳한 모습이어서 보고 있자니 우습기도 했다.

식사를 모두 끝내고 부모님과 헤어졌다.

나는 가인이와 예인이와 함께 명동으로 향했다.

졸업 선물을 사주겠다는 두 사람 때문이었다.

명동에 도착해서 향한 곳은 신세계의 영플라자였다.

젊은 층이 선호하는 브랜드가 대부분 모여 있는 곳이기도 하고 닉스가 입점해 있는 곳이라 자연스럽게 발걸음이 이어졌다.

영플라자 내부는 평일인데도 사람들로 북적였다. 아마도 나처럼 졸업식을 마치고 온 사람들인 것 같았다.

역시나 닉스 매장에 사람이 제일 많이 몰려 있었다.

"장사가 잘되네."

가인이가 혼잡한 닉스 매장을 보며 말했다.

"신발이 좋잖아. 어때, 신발은?"

가인이와 예인이가 신고 있는 신발도 다음 주에 출시될 예정인 닉스에어―I였다.

"아주 편해. 덕분에 운동하는 데도 정말 좋아."

가인이와 예인이는 새벽마다 일어나 한 시간 정도 아침 운동을 매일 하고 있었다.

두 사람의 말로는 다섯 살 때부터 쉬지 않고 해왔다고 한다.

특별한 일이 아니라면 눈비가 내리는 날에도 멈추지 않았다. 운동을 쉰 적은 어머니의 장례식 때뿐이었다고 하니 두 사람 다 보통 사람은 아니었다.

이제 고작 1년이 되어 가고 있는 내가 두 사람을 따라가려면 한참 멀었다는 생각이 들었다.

"편하다니 다행이다. 신으면서 불편하거나 문제점이 있으면 바로 말해줘야 한다?"

"아직까지는 없어."

가인이의 말처럼 닉스에어―I는 닉스를 한 단계 더 도약시키기 위한 비장의 무기였다.

지금도 신발 연구소에서는 다양한 상황에 고려하여 테스트를 하고 있었다.

신발에 사용된 각종 원부자재의 마모를 알아보기 위한 물성 테스트도 다각도로 진행 중이었다.

이를 위해서 고가의 테스트 장비도 새로 구입한 상태였다.

"오빠, 저쪽으로 가요."

예인이가 한 캐주얼 매장을 가리켰다.

그곳에는 요즘 유행하는 겨울 점퍼들이 멋지게 진열되어 있었다.

"어서 오십시오."

매장 안으로 들어서자 매장 직원이 우리를 반겼다.

졸업 시즌이라서인지 이곳도 옷을 구입하려는 사람들로 붐볐다.

"저기 걸려 있는 옷은 어디에 있죠?"

예인이가 마네킹에 입혀져 있는 겨울 점퍼를 가리키며 말했다.

"이쪽에서 보시면 됩니다."

예인이가 선택한 옷은 짙은 청색 바탕에 붉은색이 조화롭게 어우러져 있는 점퍼였다.

"오빠, 한번 입어봐요."

예인이가 내 치수에 맞는 옷을 찾아서 내밀었다.

요즘에 나오는 옷치고는 세련되어 보였다.

점퍼를 입어보기 위해 얼핏 본 옷의 가격이 30만 원이 넘었다.

아직 고등학생인 두 사람에게는 큰 금액이 아닐 수가 없었다.

'이거 너무 비싼데.'

옆에서 같은 점퍼를 입어보고 있는 사내와 비교해 보니 내가 훨씬 나아 보였다.

매일 규칙적으로 운동을 하고 잘 먹어서인지 키가 예전보다도 보다 훨씬 큰 상태였다.

학기 초만 해도 반에서 중간 정도의 키였다.

한데 졸업식 날 보니 나보다 커 보이던 친구들보다도 내가 더 컸다.

거기다가 운동으로 달련된 몸은 군살 하나 없는 근육질 몸으로 탈바꿈한 상태였다.

한마디로 옷발이 제대로 살았다.

"오! 괜찮은데!"

별말 없이 조용히 있던 가인이의 입에서도 탄성이 나왔다.

"괜찮은 게 뭐야. 완전히 오빠 옷이네."

아리따운 미모의 두 자매가 큰 호응을 보내자 같은 옷을 입던 남자는 슬그머니 점퍼를 벗어 제자리에 걸어놓았다.

괜찮은 옷이었지만 키가 작은 옆 사내에게선 꿰다 놓은 보릿자루 같은 느낌이 났다.

매장에 걸어놓은 사진 속 남자 모델 중에도 지금 입고 있는 점퍼를 입고 있는 모델이 있었다.

그 모델에 비교해도 전혀 밀리지 않을 정도로 나에게는 잘 어울렸다.

"이걸로 해야겠다. 다른 옷보다 이게 잘 어울릴 것 같다."

꼼꼼하게 다른 옷들을 살펴보던 예인이의 말이다.

"근데 가격이 너무 비싸다."

나는 옷을 벗으며 말했다.

"걱정하지 마. 그 정도는 살 수 있어. 졸업 선물인데."

가인이가 괜찮다고 했지만 내가 괜찮지가 않았다.

"아빠가 주고 가신 돈도 있고 우리가 모델비로 받은 돈 중에서 30%는 써도 된다고 하셨어."

예인가 말한 모델비로 지급한 돈은 천만 원이다.

송 관장은 검은 유혹을 떨치기 위해서 배를 타는 이유도 있었지만 가인이와 예인이의 학비를 벌기 위한 목적도 있었다.

송 관장은 떠나면서 모델비가 고스란히 입금된 통장을 내밀며 마음껏 쓰라고 했다. 예인이가 지금 말한 30%가 아니었다.

송 관장은 자신의 손으로 직접 두 딸의 입학금과 학비를 내고 싶었다.

"그리고 이번에 우리도 학교에서 장학금을 받았거든. 그러니까 너무 걱정하지 않아도 됩니다."

두 사람에게 주어진 장학금은 학교를 졸업한 선배들이 주는 것이었다.

"다른 옷을 사도 되는데……."

말은 이렇게 했지만 내가 보아도 입어본 옷이 계속 눈에 들어왔다.

"오빠가 그랬잖아. 사려면 가장 마음에 드는 걸로, 거기다가 제일 좋은 걸로 사야 후회가 없다고."

예인이가 크리스마스 선물을 사줄 때 내가 해준 말을 했다.

"하하! 그래, 네 말이 맞다. 고마워, 가인아, 예인아. 잘 입을게."

두 사람에게 고마움을 표할 때였다.

젊은 남자가 매장 안으로 들어서고 있었다.

왠지 낯선 느낌이 아니었다. 날카로운 눈매가 분명 낯이 익었다.

계산을 위해 가인이와 예인이가 계산대를 향할 때 젊은 남자가 나를 스쳐 지나갔다.

"여기서 보게 되는군."

그는 나를 알고 있었다.

그 순간 온몸에 소름이 끼치며 그가 누군지 떠올랐다.

"검은 모자."

나는 조용하게 읊조렸다.

정대웅의 패거리를 쫓아 들어간 건물에서 만난 검은 모자였다.

그는 내가 생각했던 것보다 젊었다. 나보다 두세 살 정도 많아 보였다.

"후후! 여자 친구와 함께 왔나보군. 오늘은 운이 좋아. 내 이름은 검은 모자가 아니라 차태석이다. 알고 있어라."

차태석이라고 이름을 밝힌 검은 모자가 내 어깨를 가볍게 짚었다.

그 순간 싸늘했다.

마치 날카로운 비수가 목덜미에 닿은 것 같은 느낌이 들었다.

무어라고 말을 하고 싶었지만 입이 떨어지지 않았다.

꿈속에서 느꼈던 기분 나쁜 기운이 현실에서도 그대로 느껴졌다.

아니, 오히려 더욱 끈적이고 기분 나쁜 기운이었다.

"태수 오빠, 뭐해?"

예인가 내 이름을 부르는 순간까지 나는 멍한 상태로 서 있었다.

차태석은 이미 앞쪽으로 이동하여 아무렇지도 않게 옷을 고르고 있었다.

"무슨 일 있어? 아는 사람이야?"

가인이가 물었다.

"아니야. 들고 있던 옷이 어디 있냐고."

나는 별일 아니라는 듯이 말했다. 가인이와 예인이를 위험해 빠뜨릴 수는 없었다.

"그래, 하긴 이 옷이 가장 괜찮긴 해."

가인이도 내 말에 그저 고개를 끄떡이며 호응할 뿐이다.

기분 좋은 날이었지만 매장을 나서는 발걸음은 무거웠다.

애써 기분을 바꿔보려 했지만 쉽게 마음먹은 대로 되지 않았다.

*　　　*　　　*

며칠 동안 머릿속이 혼란스럽고 복잡했다.

검은 모자로 불린 차태석을 만난 이후로 나도 모르게 자꾸만 뒤를 돌아보게 되었다.

차태석의 악몽에서 벗어나기 위해서 노력했고 또한 그렇게 만들었다.

하지만 그를 명동에서 만나고 나서부터 또다시 불안한 기운에 사로잡히고 말았다.

지독한 감기를 앓는 사람처럼 머리와 몸이 무거웠다. 마치 두 다리에 커다란 쇠뭉치를 달고 다니는 것만 같았다.

"헉헉! 이겨냈다고 생각했는데… 그렇지 못한 것이었나."

어둠이 가시지 않은 새벽이었다. 눈이 녹지 않은 오솔길을 쉬지 않고 뛰어서 정상에 올랐다.

정상에 올라서자 이제 막 희뿌연 햇살이 어둠을 뚫고서 산마루턱으로 뻗쳐오고 있었다.

추운 날씨에도 불구하고 이마에서 흘러내리는 땀방울이 볼을 타고 땅으로 떨어져 내렸다.

이곳으로 넘어온 이후 최선을 다해 모든 일에 임했다. 사업도 운동도.

실패한 인생에 돌아온 기회였기에 놓칠 수가 없었다.

그러나 한 번의 기회를 더 준 하늘은 평탄한 길로만 인도하지는 않았다.

커다란 바위처럼 앞을 막아선 차태석을 넘어서지 않는다면 더 이상 앞으로 나아갈 수 없을 것 같았다.

아니, 지금까지 이룬 모든 것이 그로 인하여 물거품이 될 수도 있었다.

그는 분명 나를 죽이기 위해 나타날 것이기 때문이다.

의지할 수 있던 송 관장도 지금은 없다.

가인이와 예인이가 함께하고 있지만 친동생 같은 두 자매를 위험한 일에는 끌어들여서는 안 되었다.

차태석은 눈 하나 깜짝하지 않고 살인을 할 수 있는 인물이었다.

"후우! 하지만 이대로 물러날 수는 없지."

호흡을 가다듬고 자세를 잡았다.

그와의 일전은 피한다고 해서 피할 수 있는 것이 아니었다.

눈을 감았다.

산봉우리를 지나는 찬바람이 얼굴에서 흘러내리는 땀을 훔쳐 가듯이 어느새 사라지게 만들었다.

몸을 달구던 뜨거운 기운이 찬 기운에 밀려 달아나 버렸다.

머리가 식어가자 마음이 차분해졌다.

비리한 웃음을 나에게 던지던 차태석을 마음속에서 불러냈다.

서서히 모습을 갖춘 차태석은 자신만만한 표정이었다.

언제든지 나를 쓰러뜨릴 수 있다는 모습이었다.

'이젠 그때의 내가 아니다.'

차태석과 처음 마주쳤을 때 느낀 죽음의 공포가 한동안 온몸을 감싸 안고 떠나지 않았다.

그러나 송 관장이 심어주고 떠난 자신감으로 공포를 물리칠 수 있었다.

차태석의 내뿜는 기분 나쁜 기운이 또다시 나를 감싸 안으려고 스멀스멀 다가왔다.

순간 그 기운을 느끼게 되자 나도 모르게 뒤로 물러나고 있었다.

휘이잉!

차갑고 서늘한 산바람이 계곡을 지나며 기이한 소리를 내고 있었다. 산 정상 뒤쪽에는 떨어지면 생사를 장담할 수 없는 낭떠러지가 자리 잡고 있었다.

차태석에서 뿜어져 나오는 공포감에 밀려서 뒤로 물러나기만 한다면 낭떠러지로 떨어질 뿐이다.

한 걸음만 더 물러나면 끝이었다.

죽는 것이 매한가지라면 그와 싸워야 했다.

"이얍!"

강한 기합에 맞추어 손을 힘차게 뻗었다.

차태석은 예상이라도 한 것처럼 옆으로 피하며 몸을 회전해 팔꿈치로 나를 가격했다.

강하게 불어오는 겨울바람을 가르는 소리가 귓전에 들려오는 것만 같았다.

고개를 숙여 팔꿈치를 피한 후 곧장 무릎을 앞으로 세웠다. 그리고 마치 스프링이 튕겨 올라오는 것처럼 차태석에게 몸을 날렸다.

"차— 압!"

뻗어오는 차태석의 발을 피하면서 곧장 땅을 차고는 그의 옆구리에 중단차기를 넣었다.

그러나 이미 알고 있는 것처럼 차태석은 또 자연스럽게 피했다.

누가 지금의 내 모습을 본다면 미쳤다고 할 것이다.

혼자 구르기도 하고 뒤로 물러났다가 허공을 향해 날아 차기도 했다.

하지만 이 모든 게 송 관장이 알려준 또 하나의 수련 방법이었다.

30분을 쉬지 않고 가상의 차태석과 공방을 벌였다.

"헉헉! 이제는 좀 더 확실하게 느껴지는구나."

또다시 입고 온 겉옷을 벗어야 할 정도로 온몸이 흥건하게 젖어버렸다.

열심히 수련해도 한계가 있을 수 있었다.

나는 고작 1년을 해오고 있지만 차태석은 분명 어린 시절부터 수련해 온 인물일 것이라 생각되어졌다.

다시 만나는 순간을 위한 대비책이 필요했다.

*   *   *

나는 김인구를 호출했다.

김인구가 운영하던 행복찾기는 낡고 허름한 영등포시장 골목에서 벗어나 영등포역 대로변에 위치한 건물로 이사했다.

정대웅의 사무실에서 가져온 2억 중 5천만 원을 김인구에게 투자하는 방식으로 건네주어 새로운 사무실을 얻게 만들었다.

현재 행복찾기는 거머리로 불리던 정명석과 함께 운영하고 있었다.

"알아보셨습니까?"

"예, 하지만 말씀하신 것처럼 무림이라는 단체나 협회는 아직까지 찾지 못했습니다. 한데 신세계파에서 운영하는 암살단은 김욱이 관리하는 것이 아니었습니다."

나는 김인구에서 차태석에게 들었던 무림과 신세계파의 암살단에 대해 조사해 보라고 했었다.

"그럼 누가 그들을 관리합니까?"

"김기춘이라고, 김욱의 비서실장이 있다고 합니다. 외부에는 잘 알려져 있지 않는 인물이라서 신세계파의 인물들도 잘 모르고 있었습니다. 간부급도 김기춘의 얼굴은 알고 있지만 신상 내력에 대해서는 전혀 알지 못하는 분위기였습니다."

"간부들도 모르는 인물이라고요?"

조직의 간부급도 정확한 신상 내력을 모른다는 것이 뭔가 이상했다.

"저도 이번 조사 과정에서 알았습니다. 신세계파에 비서실장이 있다는 것을요. 김욱을 그림자처럼 수행하지만 외부에는 잘 모습을 드러내지 않는다고 합니다. 자세한 것은 좀 더 알아봐야겠지만 조직의 자금도 관리하는 것 같습니다."

김인구는 자신이 조사한 내용이 적혀 있는 수첩을 보며 말했다.

"암살단은 몇 명이라고 합니까?

"그게 전혀 알 수가 없었습니다. 김기춘 외에는 누구도 알지 못하는 것 같습니다. 그래서인지 다른 조직들도 암살단을 무척이나 두려워하고 있었습니다."

김인구의 말처럼 실체를 모르는 적은 무섭다.

수가 많아도 정확하게 파악된 적은 어떻게든 대비를 할 수 있었다.

"조직원에게까지 숨긴다. 음, 그래서 정대웅이 검은 모자를 알아보지 못했군요. 아, 그리고 검은 모자의 이름은 차태석입니다. 가명인지 실명인지는 정확히 모르겠지만 가명 같지는 않습니다."

"차태석이라……. 일단 이름을 갖고서 좀 더 알아보겠습니다."

"정명석 씨는 잘 적응하고 있지요?"

"예, 머리가 비상한 친구라 제가 도움을 많이 받고 있습니다."

"괜찮은 친구들이 있으면 한두 명 더 고용하십시오. 필요한 제반 경비는 제게 말하시고요."

나는 김인구와 정명석에게 급여를 지급하고 있었다.

매달 김인구에게는 100만 원, 정명석에게는 70만 원을 주었다.

내가 시킨 일에 필요한 경비는 별도로 지급했다.

사무실 운영비는 행복찾기가 원래부터 하고 있던 사람 찾는 일과 사건 조사 같은 일들을 통해서 벌어들였다.

행복찾기에 일이 없어도 고정적인 급여가 지급되었기에 김인구나 정명석이 생활하는 데 크게 도움이 되었다.

나는 행복찾기에서 이익을 볼 생각은 아직 없었다.

"알겠습니다. 그렇지 않아도 알고 지내는 골통 하나가 있는데 사건 냄새 맡는 데는 귀신같은 놈입니다. 상사하고 자꾸만 트러블이 생기더니 결국 사표를 냈다고 하네요."

김인구가 말한 인물은 그와 함께 일하던 경찰 후배 같았다.

"사람을 구하는 일은 알아서 하십시오. 다음번에는 좀 더 좋은 소식을 들었으면 좋겠습니다."

"진영이 이놈이 합류하면 확실하게 일을 마무리 지을 수 있을 것입니다."

김인구과 이야기한 것처럼 확실한 인물이 합류했으면 하는 마음이다.

명동에서 만난 차태석은 나를 절대 포기하지 않을 것 같았다.

시간이 주어지는 대로 최대한 만반의 대비를 해야만 했다.

Chapter 6

　명성전자에 연구실을 차린 김동철은 함께 일할 사람들을
모으기 위해서 동분서주했다.

　일을 시작하기 위해서는 사람이 필요했다. 혼자서 모든 것
을 감당할 수는 없었다.

　김동철 본인도 개발에 참여한 엔지니어이지만 경험이 풍
부한 더 많은 개발자가 필요했다.

　그는 맥슨전자를 떠난 엔지니어들을 만나고 다녔다.

　사업을 위해서 회사를 나온 사람들도 있었고, 회사 생활이
맞지 않아 다른 회사로 이직한 사람들도 있었다.

김동철은 현재의 계획과 앞으로의 청사진을 펼쳐 보이며 동료와 선배들을 만나 설득했다.

명성전자와 함께 내가 투자한 돈 3억이 블루오션의 자본금이다.

김동철이 만난 사람 중 절반은 위험한 모험보다는 현재의 직장과 위치를 떠나기 싫어했다.

대기업은 물론이고 탄탄한 기술력과 자본금이 많은 통신 시장에 아무것도 없는 새까만 꼬마가 명함을 내민다는 것이 우습다는 반응이었다.

그러나 김동철은 포기하지 않고 자신이 다니던 맥슨전자를 퇴사한 사람들과 경쟁 업체로 이직한 사람들을 만나고 다녔다.

블루오션의 연구실은 전화를 받고 사무를 보는 여직원과 나처럼 이제 막 공업학교 전자과를 졸업한 친구가 지키고 있었다.

이 주일 후 김동철은 두 명의 인물을 나에게 데리고 왔다.

"대표님, 인사하십시오. 제가 간신히 설득해서 데려온 친구들입니다. 이쪽은 제가 다닌 대학교 1년 후배입니다. 현재 나우정밀 개발부에 속해 있습니다. 이쪽은 맥슨전자를 퇴사하고 개인 사업을 하겠다고 나갔던 친구입니다. 두 사람 다 실력이 뛰어난 친구들입니다."

그들은 이미 나에 대해서 들었는지 그다지 내 모습에 놀란 표정을 보이지 않으려고 애썼다. 하지만 대충 눈치를 보니 내심 놀란 모습이었다.

"강태수라고 합니다. 블루오션을 세계적인 통신 회사로 키우려고 합니다."

나는 두 사람에게 악수를 청하면 당당히 말했다.

"김영광입니다. 잘 부탁드리겠습니다."

"한중석입니다. 말씀 많이 들었습니다."

그들의 나를 바라보는 눈에는 호기심이 가득했다.

어린 나이에 어떻게 이런 회사의 대표를 맡고 있는지에 대한 궁금증이었다.

김동철에게 말은 들었지만 사실 쉽게 믿을 수 없는 이야기였다.

영화 속에서나 나올 법한 이야기인 것이다.

물론 미국에도 젊은 CEO들이 많았지만 나처럼 스물노 재안 된 나이에 창업하고 회사의 대표를 맡은 사람은 찾기 힘들었다.

스티브잡스도 스물한 살에 애플을 창업했다.

하지만 올해 스무 살인 나는 이미 상당한 매출을 올리고 있는 회사를 운영하고 있다.

"서두에 말씀드린 것처럼 김동철 과장님, 저는 블루오션을 대한민국에 국한된 회사로 키울 생각은 없습니다. 지금은 저의 말이 허황되게 들릴 수도 있겠지만 앞으로의 세상은 통신이 주도합니다. 현재 세계를 주름잡고 있는 회사 모두가 앞으로 통신 회사에 밀려나는 날이 반드시 도래할 것입니다."

내 말은 틀린 이야기가 아니었다.

현재 세계를 주름잡으며 잘나가던 회사들이 10년에서 20년 사이 통신 회사들에 밀려 이름만 남게 된 곳이 많았다.

한때 전 세계 핸드폰 시장을 장악했던 노키아의 매출액은 핀란드의 국가 예산을 넘어서기도 했다.

2006년도 매출액이 411억 유로(약 533억 달러)를 기록하여 핀란드의 2007년 핀란드 정부 예산 396억 유로를 처음으로 넘어섰다.

1865년 노키아 강 부근의 제지 펄프 회사로 출발한 노키아는 1980년대 휴대폰 사업에 진출했으며, 1982년 첫 이동전화기를 선보였고, 1998년에는 미국 모토로라를 제치고 세계 휴대폰 업계 정상에 올라섰다.

1999년 하이테크 붐 당시 시가총액 기준으로 유럽 최대 기업이 되었다.

"앞으로 펼쳐질 정보화시대는 창의적인 생각과 전문적인 기술력의 싸움입니다. 기업이 덩치만 있으면 커나가던 시대는 지났습니다. 그들의 움직임은 시장의 변화보다 분명 느리게 될 것입니다. 우리는 기존 시장에 맞춰가는 제품보다 앞선 제품을 만들어야 합니다. 저는 블루오션에 아낌없이 투자할 것이고, 회사의 이익은 여러분께 돌려드릴 것입니다."

두 사람은 나의 말에 진지해졌다.

미래를 알고 있는 내 이야기는 어디에서도 들을 수 없는 이야기였다.

엔지니어와 학문적인 경영자와 창의력을 가진 기업가는 크게 다르다.

엔지니어와 공학자들은 돈과는 관계가 없는 사람들이다.

기업을 이끌어가는 사람은 돈과 시간에 쫓긴다는 현실이 있었다.

다시 말에 시간이 곧 돈이었다.

때문에 엔지니어와 공학자들은 자신들의 이론과 주장대로 사업을 펼쳐 실패하는 경우가 대다수였다.

연구 개발과 사업은 큰 차이가 있었다.

아무리 좋은 개발품을 만들어도 시장에 맞지 않거나 시장의 요구에 부합하지 않으면 그대로 도태되거나 사장되었다.

나 또한 한때 기술만 좋으면 성공한다는 생각을 갖고 있었다.

하나, 비전전자와 닉스를 거치면서 그러한 생각이 크게 바뀌었다.

지금 나를 찾아온 이들은 비전전자와 명성전자를 이끌어가는 사업가로서의 내 역량을 직접 본 것이다.

그제야 두 사람은 내가 보통의 인물이 아니라는 것을 확실히 인지하게 되었다.

블루오션에 사람들이 하나둘 들어오는 사이 나의 대학 생활이 시작되고 있었다.

*　　　*　　　*

창업한 블루오션의 업무와 명성전자, 비전전자, 그리고 닉스까지 챙기다 보니 신입생 환영회마저 참석하지 못했다.

학과 동기들과 선배들 모두가 나를 보기 위해서 기대를 많이 했다는 말을 나중에 들었다.

그도 그럴 것이, 공업계 출신이 서울대에 입학하는 것이 무척이나 어려운 일이었다.

더구나 전체 수석으로 입학했기 때문에 더욱 궁금했을 것이다.

140만 3000㎡인 서울대학교는 한마디로 넓었다.

서울대는 2013년 기준 인문대학 · 사회과학대학 · 자연과학대학 · 경영대학 · 공과대학 · 농업생명과학대학 · 미술대학 · 법과대학 · 사범대학 · 생활과학대학 · 수의과대학 · 약학대학·음악대학·자유전공학부(이상 관악캠퍼스)·의과대학·간호대학(이상 연건캠퍼스) 등 16개 단과대학에 83개의 학과·학부가 개설되어 있다.

또한 10개 대학원(1개 일반대학원, 9개 전문대학원)을 합하여 2만 7천 명이 넘는 학부생과 대학원생이 다니고 있다.

서울에 있는 어느 대학보다 큰 넓이를 자랑했다.

내가 강의를 듣는 장소는 작년 10월에 완공된 선경(현 SK경영관)경영관이었다.

서울대학교 정문에서 좌측 도로를 따라 약 150미터쯤에 위치한 선경경영관은 서울대 출신인 최종현 회장이 1990년 서울대 관악캠퍼스에 60억 원을 들여 지하 1층, 지상 6층 규모의 선경(SK)경영관을 개관했다.

서울대는 다른 대학들보다 기업에서 기증한 건물이 많았다.

1998년에는 LG에서 내가 다니는 경영대학에 LG경영관을 만들어 기증했다.

서울대 정문에서 5분 거리에 위치한 선경경영관은 새롭게 지어진 건물이라서 주변 건물과는 확연히 달라 보였다. 강의실도 깔끔하고 아직 특유의 새 건물 냄새가 묻어나왔다.

1학기에 배워야 과목은 경영학원론과 경제학원론이었다.

그 의외에도 앞으로 배울 회계원리, 미시경제이론, 거시경제이론, 경제사, 경제통계학, 근대경제사, 노동경제사, 국제경제론, 경제수학 등 경영과 경제학에 관련된 학문을 이론으로 배워 나갈 예정이다.

"후후! 내가 여기까지 오다니."

정말이지, 실감이 나지 않았다.

강의 시작 시간까지 아직 시간이 남아서 이곳저곳을 들러보았다.

그때였다.

남자 둘에 여자 두 명이 함께 무리지어 들어왔다.

다들 다른 학생들에서 비해서 스타일이나 입고 있는 옷이 좋아 보였다.

"이번에 엉뚱한 놈이 들어왔다며?"

금테 안경을 쓴 남자애의 말이다. 핸섬한 얼굴로 부잣집 도련님 같은 스타일이다.

"무슨 말이냐?"

긴 생머리가 잘 어울리는 여자애가 반문했다. 청순한 느낌에 영화배우 이영애와 이미지가 비슷했다.

"한마디로 개천에서 용 난 거지."

짙은 회색 코트를 입은 남자애가 금테안경의 말을 받았다.

권투선수 타이슨처럼 두꺼운 목에 전반적으로 타이슨처럼 생긴 몸이다.

하지만 타이슨처럼 근육질에 단단한 체격은 아니고 통통한 스타일이었다.

"그러니까, 뭐냐고?"

여자애가 답답한 듯 다시 물었다.

"용선공고라고 어디에 붙어 있는지도 모르는 공업계 학교를 졸업한 놈이 수석으로 들어왔단다. 그것도 서울대 전체 수석으로 말이다."

"어쩜! 놀지도 않고 공부만 한 거야? 우리도 이곳에 들어오려고 놀 시간도 없었지만."

단발머리에 옅은 화장을 여자애가 놀란 표정으로 물었다.

"놀 시간이 아니라 24시간을 자지도 먹지도 않고 공부만 했나보지. 나도 작년에 떨어지고 나서 하루에 잠을 세 시간밖에 못 잤다고. 이번에도 실패했으면 집에서 쫓겨났을 거야."

내 이야기를 아무렇지도 않게 하는 통통한 친구는 재수를 한 것 같았다.

"그냥 유학이나 가지 그랬어?"

금테안경이 물었다.

"그렇지 않아도 학부 졸업하고 갈 생각이야. 학위는 외국에서 따와야지."

타이슨을 연상시키는 남자애는 당연하다는 듯 말했다.

"한데, 정말 어떤 사람인지는 궁금하다."

이영애를 닮은 애가 나에 대한 호기심을 드러냈다.

"궁금할 것 없다. 뻔하지. 작은 키에 두꺼운 뿔테안경을 쓰고 어눌한 말투, 뭐 이런 모습이 아니겠냐?"

금테안경은 나를 본 것처럼 말했다.

"하하하! 하긴 그런 놈들이 대부분이지. 우리가 상대할 놈도 아닌데. 하여간 같은 청운회에 속한 너희와 함께 다닌다고 생각하니 4년이 즐거울 것 같다."

타이슨이 말하는 청운(靑雲)회는 강남에 위치한 고등학교 중에서 잘나가는 정재계의 자제들이 모여서 만든 서클이었다.

청운이란 높은 지위나 벼슬을 비유적으로 이르는 말이었다.

집안도 좋아야 하지만 공부나 외모도 중요하게 생각했다.

열세 명의 남녀가 청운회에 속해 있었다.

재작년에 만들어진 청운회는 서울대를 비롯하여 외국의 명문대에 진학하지 못하면 서클에서 제외시켰다.

재수까지는 허용하지만 그 이상은 허용하지 않았다.

청운회는 스무 명까지 들어왔지만 이런 과정에서 일곱 명을 탈락시켰다.

이들 중에는 한국의 10대 재벌에 속하는 재벌 집 손자와 손녀도 있었고, 국회의원과 부장급 판검사의 자제, 그리고 현직

장관과 정부 여당에서 막강한 힘을 발휘하는 사무총장의 딸도 있었다.

그들의 부모들도 소위 잘나가는 집안의 자제끼리 어울리는 것을 환영하는 분위기였다.

"나도 희철이 네가 재수했다고 해서 거북했는데 나이가 같다는 걸 알고서 다행이었다고."

타이슨과 비슷한 체형인 정희철은 10대 재벌 중 하나인 한라그룹의 맏손자였다.

"하긴 모임에서 처음 소개 받았을 때는 너희가 선배님 하고 불렀으니까. 더구나 우리 기수들이 대거 탈락했으니까 너희도 부담이 없을 거야."

정희철은 청운회 2기였다.

한데 일곱 명이던 동기 중에서 서울대에 들어오지 못한 네명이 탈락했다.

나머지 두 명은 미국으로 유학을 떠났다.

그중 한 명은 명문 아이비리그에 들어갔지만 다른 인물은 그렇지 못했다.

그래서 총 다섯 명이 청운회에서 제명되었다.

정희철 말고는 2기 선배와 마주칠 일이 없었다.

그래서 정희철은 3기 후배와 말을 놓기로 했다.

더구나 같은 나이에 대학 동기들이라 선후배를 따지다가

는 대학 생활이 지루해질 것이 분명했다.

향후 이들과는 미국 아이비리그에 속해 있는 대학까지 함께할 예정이었다.

아이비리그(IVY League)란 미국 북동부에 소재하는 여덟 개 명문대학을 일컫는 말이다.

여덟 개의 명문대학에는 브라운, 컬럼비아, 코넬, 다트머스, 하버드, 펜실베니아, 프린스턴, 예일대학이 있다.

또한 아이비리그는 이들 학교들이 벌이는 미식축구 리그를 일컫는 말이기도 하다.

"하긴 국내에 있는 우리끼리라도 잘해봐야지. 외국에 나간 친구들이야 방학 때도 보기 힘들 테고."

정희철의 말을 받은 금테안경은 이정수로 강남과 강북에 종합병원 두 곳과 중고등학교 두 개, 그리고 세 개의 대입학원을 가지고 있는 홍복재단의 막내아들이자 장손이었다.

홍복재단은 작년에 의과대학까지 설립했다.

홍복재단의 설립자 이복남은 일제강점기 때 일본에 협력하여 큰돈을 번 인물이었다.

이정수의 할아버지이기도 한 이복남은 8.15 광복 이후 1948년 9월 제정·공포된 반민족행위처벌법에 해당되어 체포되었다.

이복남은 반민법이 정한 친일파 규정에서 비행기, 병기, 탄약 등 군수공업을 책임, 경영한 자에 해당되었다.

그는 탄약 공장으로 막대한 부를 쌓은 대표적인 친일 기업인이었다.

세상의 변화에 발 빠르게 대처했던 이복남은 반민법에 걸려서 재판에 회부되었지만 정치권과 경찰에 상당한 돈을 상납하였다. 그 결과 건강상의 문제가 제기되어 집행유예로 풀려났다.

더구나 일제강점기 때부터 운영하던 탄약 공장을 계속해서 운영할 수 있게 되었다.

6.25 한국전쟁으로 인해서 더 많은 돈을 벌게 된 이복남은 자신의 과거를 희석시키기 위해서 중학교와 고등학교를 설립했다.

또한 70년대까지 운영하던 군수공장도 대기업에 좋은 가격으로 팔아넘겨졌다.

그는 더구나 명동 사채시장에도 상당한 돈을 대주는 큰 전주 중의 하나였다.

"한데, 강의 끝나고 뭐 할 거야?"

이영애를 닮은 여자애가 이정수에게 물었다.

"뭐, 오늘 첫날이라서 강의도 오래 하지 않을 것 같은데 쇼핑이나 하러 갈까? 수연이 너도 닉스 신발 하나 산다고 했잖아?"

"디자인도 괜찮고 다른 신발보다 좋아 보이더라."

이영애와 무척 닮은 이미지의 한수연은 여당인 정민당 사무총장의 막내딸이었다.

대통령의 신뢰를 받고 있는 한종태 사무총장은 여권의 실세였다.

"그래, 그동안 지긋지긋하게 책 보느라 스트레스가 이만저만 쌓인 게 아니다. 후우! 두 달 동안 말이 어학연수지 가족들과 함께 있어서 제대로 놀지도 못했어."

가볍게 한숨을 내뱉는 단발머리의 여자애는 한국에서 잘나가가는 법무법인인 창조를 운영하고 있는 백광기 변호사의 손녀딸이었다.

그의 두 아들과 며느리를 비롯하여 가족 모두가 법조인이었다.

백광기는 유일하게 손녀딸인 백단비에게만은 법조인의 길을 강요하지 않았다.

그녀와 달리 오빠나 사촌오빠들 모두가 사법고시를 패스하여 사법연수원에서 연수를 받거나 법원 판사로 재직 중이었다.

백광기는 손녀인 백단비가 서울대에 합격하자 방학을 이용하여 두 달간 미국으로 어학연수를 보내주었다.

백단비는 한수연보다 예쁘지는 않았지만 상대적으로 귀엽

고 상당히 세련된 느낌이 들었다.

"명동에 매장이 생긴 것 같으니까 그쪽으로 가자. 다른 것들도 한번 둘러보게."

"오케이!"

"그래, 강남 매장은 신발이 그리 많지 않더라. 그나마 신을 만한 신발이 나온 것 같아."

이정수의 말에 다들 호응하는 분위기였다.

그들 중에서 두 명은 이미 닉스 신발을 신고 있었다.

나에 관한 말과 함께 닉스 신발 이야기까지 나오자 자리를 떠나지 못하고 그들의 말을 계속 듣고 있었다.

그러자 이정수가 나를 쳐다보며 물었다.

"혹시 우리를 아세요? 계속 저희를 쳐다보시는 것 같아서요."

"아닙니다, 그냥 처음이라 이곳저곳을 둘러보는 중이었습니다. 그렇게 느꼈다면 미안합니다."

나는 재빨리 사과를 하고 자리를 옮겼다.

사실 이들과 어울리고 싶은 생각도 없었다.

"왜 그래?"

"우리 말을 옆에서 계속 듣고 있는 것 같아서."

무슨 일인가 하고 정희철이 이정수에게 물었다.

"수연이가 예뻐서 쳐다봤겠지. 그런 애들이 한두 명이야?"

백단비의 말이다.

"하긴, 나도 수연이를 처음 보고 반했으니까. 중호 형만 아니었어도 내가 먼저 사귀자고 했을 거라고."

이중호는 청운회를 이끄는 리더이다.

이중호는 10대 재벌을 넘어서 5대 재벌 안에 들어가는 대산그룹의 후계자였다.

현재 서울대 경영과 3학년에 재학 중이다.

"중호 오빠하고는 아무런 사이가 아니래도."

한수연은 바로 말을 했지만 얼굴에 옅은 홍조가 떠오르며 싫은 표정은 아니었다.

Chapter 7

　경영학원론 첫 강의 시간에는 함께 공부하게 된 동기들이 간략하게나마 자기소개를 하는 시간을 가졌다.

　내 차례가 되자 교수님이 내 이름을 다시 한 번 확인했다.

　"자네가 이번에 전체 수석을 한 친구군. 자, 동기들에게 인사해 보게나."

　교수의 말에 강의실에 모여 있던 사람들이 술렁거렸다. 나에 대해서 궁금해하는 사람이 많았다.

　"예, 저는 강태수라고 합니다. 여러분과 함께 공부하게 되어……."

다른 사람들과 별반 다르지 않게 소개를 마쳤다.

소개를 마치고 나자 옆에 앉아 있던 남자애가 손을 내밀며 악수를 청했다.

"이동수라고 한다. 앞으로 잘해보자."

겨울인데도 햇볕에 까맣게 탄 얼굴을 하고 있는 인물이었다.

"강태수다. 반갑다."

나는 반갑게 청해온 손을 잡았다.

"어째 분위기가 다르게 느껴지더라. 잘 좀 이끌어주라. 아마도 내가 꼴등으로 간신히 들어온 것 같으니까."

다부진 모습의 이동수는 생김새대로 호탕한 성격 같았다.

"하하! 나도 별로 아는 게 없다. 운동하냐? 얼굴이 많이 탔다?"

"원래 깜씨에다가 공사판에서 일 좀 하느라고 얼굴이 많이 탔다."

겨울 햇볕도 상당히 강렬했다.

이동수의 거친 피부는 겨울 햇볕과 차가운 바람이 만들어낸 합작품이었다.

그의 말에 나는 왠지 모르게 호감이 갔다. 이동수는 그리 넉넉한 집안의 아들 같아 보이지 않았다.

담당교수는 자신을 소개하는 입학 동기들의 얼굴을 찬찬

히 살폈다.

모든 소개가 끝나자 교수는 간략하게 경영학원론에 대한 설명으로 첫 강의를 끝냈다.

"넌 어디로 가냐?"

이동수가 나에게 물었다.

"명동에 들렀다가 홍대로 갈 것 같은데."

"너는?"

"난 일하러 가야 한다. 등록금이 그냥 나오지 않으니까. 이번 주에 한잔하자."

이동수는 그리 넉넉한 형편이 아니었다.

부모님이 시장에서 야채가게를 하신다고 했다. 이동수 밑으로 세 명의 동생이 더 있었다.

"좋지. 하여간에 만나서 반가웠다. 4년 동안 잘해보자."

이번에는 내가 악수를 청했다.

"나도 네가 마음에 든다. 앞으로 잘해보자."

이동수는 힘을 주어 내 손을 잡았다.

그와는 왠지 좋은 인연이 계속해서 이어질 것 같았다.

*　　　*　　　*

나는 명동으로 향했다.

신세계의 배기문 부장과의 약속 때문이었다.

영플라자는 한마디로 성공적이었다.

꾸준하게 젊은 층의 발걸음이 영플라자로 이어졌고, 매출도 예상했던 것보다 15% 정도 더 발생했다.

이에 대해 신세계백화점은 고무적이었다.

매장에서 만난 배기문 부장은 나를 안내해서 한 사무실로 들어갔다.

그곳에는 처음 보는 인물이 나를 기다리고 있었다.

"신세계를 이끌고 계시는 김명박 사장님이십니다."

배기문 부장이 말에 김명박이 나에게 악수를 청했다.

"하하! 김명박입니다. 정말 젊은 분이시네요."

세련되고 고급스러운 양복을 입고 있었다.

그는 신세계백화점에서는 입지전적인 인물이었다.

평사원으로 시작해서 사장까지 올라선 인물이기 때문이다.

"강태수라고 합니다."

"자, 앉으세요. 차는 뭐로 드시나요?"

"녹차 주십시오."

그는 인터폰을 통해서 커피와 녹차를 시켰다.

늘씬한 키와 미모의 사장 비서가 차를 내왔다.

"이렇게 뵙자고 한 것은 닉스 덕분에 영플라자가 많은 도움을 받아서입니다. 자체적으로 조사해 보니 닉스로 인해 발생된 신규 매출이 8% 정도 더 나왔다고 합니다."

브랜드 하나로 신규 매출이 8%가 향상되었다는 것은 대단히 이례적인 일이었다.

닉스 매장을 방문한 고객들이 신발을 구매하고 나서 다른 매장에서도 매출을 일으킨 것이다.

닉스의 소비자 파워가 한층 커지고 있는 결과이기도 했다.

"좋은 결과가 나와서 다행입니다."

"하하하! 좋은 결과는 예측했습니다. 배 부장이 닉스를 하도 밀어붙이기에 우려 반 기대 반이었는데 이 정도일 줄은 몰랐습니다."

호쾌한 웃음을 토해내는 김명박도 창업주인 회장에게서 영플라자의 성공으로 칭찬을 들었다.

"예, 배명한 부장님이 많이 도와주신 결과입니다."

나는 공을 배명한에게 돌렸다.

"아닙니다. 닉스 신발의 디자인과 품질이 뛰어난 결과이지요."

그는 바로 닉스 신발의 우수성을 말했지만 내 말에 얼굴 표정은 밝았다.

"닉스 신발도 뛰어났고 배 부장의 안목도 뛰어난 결과지요. 그래서 제가 강 대표님을 뵙자고 한 것은 다른 지역에 위치한 지점에도 닉스 신발이 들어왔으면 해서요."

김명박은 이참에 롯데와 미도파를 따돌리기를 원했다.

현대그룹에서 밀어주고 있는 현대백화점도 무역센타점과 반포점을 연달아 세우며 투자를 강화하고 있었다.

"제안은 고맙습니다만 아직까지 다른 매장을 오픈할 만큼 신발 공급이 여의치가 못합니다. 새로운 신제품의 출시에 맞춰 생산 인력도 늘렸지만 수요를 공급이 따라가지 못하고 있습니다."

"하하하! 그만큼 닉스의 인기가 좋다는 반증이 아닙니까? 생산력을 조금만 더 늘린다면 시장 장악력도 더욱 강화될 텐데 말입니다. 뭐든지 주목을 받고 인기가 있을 때 치고 나가야 롱런할 수 있습니다. 안 그런가, 배 부장?"

김명박은 배명한 부장을 바라보며 말했다.

"맞는 말씀입니다. 다른 신발 메이커들도 닉스의 디자인을 모방한 제품을 준비하려는 움직임을 보이고 있습니다."

배명한 부장의 말처럼 시장을 공략하는 저가 브랜드에서 닉스의 외형 디자인을 모방하는 제품을 준비하고 있었다.

동대문과 남대문의 신발 가게에서는 닉스─제로(0)를 모방한 제품을 판매하고 있었다.

부산의 영세한 신발 공장에서 만들어진 제품이었다.

"그래서 말입니다만, 저희가 닉스에 투자를 하면 신발 생

산력을 좀 더 끌어올릴 수 있지 않겠습니까?'

김명박은 닉스에 대한 투자를 말하고 있었다. 전혀 생각지도 못한 말이다.

"신세계에서 저희 닉스에 투자를 원하신다는 말씀입니까?"

"예, 저희는 다른 것을 원하지 않습니다. 다른 지점에도 닉스 신발이 입점하여 수요에 맞게 공급이 이루어질 수 있게 만들기 위한 투자입니다. 닉스 고유의 경영 방침에는 전혀 참여하지 않을 것입니다."

배명한 부장이 말을 받아서 부가적인 설명을 했다.

"글쎄요. 뜻밖의 제안이라서 뭐라고 말씀드릴 수가 없네요."

조금은 당황스러웠다.

"솔직히 말씀드리겠습니다. 현재 저희가 영플라자를 오픈하자 롯데백화점에서도 젊은 층을 공략할 복합쇼핑몰에 대규모 투자를 준비 중에 있습니다. 그리고 지금 저희 신세계는 삼송그룹에서 분리될 준비를 하고 있습니다. 독립 경영이 시작될 올해는 무척이나 중요한 한 해입니다."

김명박 사장의 말은 중요한 바를 시사했다.

미처 잊고 있던 이야기다.

삼송그룹이 서서히 자식들에게 기업을 분리할 시기가 도

래한 것이다.

신세계백화점은 이봉철 회장의 막내딸인 이명희가 물려받았다.

제일제당(CJ)은 첫째아들인 이명화가, 새한미디어는 둘째아들인 이창희가, 삼송전자는 셋째아들인 이건희가, 그리고 한솔그룹은 이건희의 누나인 이인희에게 주어졌다.

삼송가 2세대 자녀들은 한솔, CJ, 새한, 신세계 등 네 개 기업을 물려받았는데, 이 중 유일하게 이창희 회장이 물려받은 새한그룹만 명맥을 유지하지 못하고 재계에서 사라졌다.

1991년 11월에 삼송에서 분리되는 신세계백화점은 그해 주가가 크게 요동쳤다.

"지금 당장 제가 결정할 문제가 아닌 것 같습니다. 제가 경영은 맡고 있지만 닉스는 생산을 맡고 있는 부산신발연구소와 함께 만든 회사이기도 합니다."

내 말에 바로 배명한 부장이 말을 받았다.

"저희도 잘 알고 있습니다. 하지만 운영을 맡고 계시는 강대표님이 결정하시면 모든 게 이루어진다는 것도 알고 있습니다. 저희가 투자할 금액은 20억 정도입니다. 조건은 신세계백화점 모든 지점에 닉스 신발이 입점함과 동시에 저희와의 독점 계약입니다."

신세계백화점에게만 닉스 신발을 독점적으로 납품해 달라

는 이야기였다.

이미 신세계에서는 닉스에 대해 조사를 한 것 같았다.

부산공장은 고가의 신발 테스트 장비와 생산 인력을 충원하느라 여유 자금이 모두 들어갔다.

더구나 새로운 신발인 닉스에어-I와 닉스에어-II을 개발하는 데에도 많은 자금이 소요된 상태였다.

생산 능력을 늘리기 위해 시설 투자를 할 자금은 현재 없었다.

"좋은 투자 조건이지만 현재로서는 바로 확답을 드릴 수 없습니다. 저희 쪽 관계자와 협의한 후에 알려드리겠습니다."

"하하하! 그렇게 하세요. 하지만 되는 쪽으로 부탁드리겠습니다. 자, 그리고 이건 저희 쪽에서 마련한 입학 선물입니다."

김명박은 예쁘게 포장된 상자 하나를 내밀었다.

삼송 계열이 조사가 철저하다고 들었지만 내가 대학 입학을 한 사실까지 파악했을 줄은 몰랐다.

"괜찮습니다."

나는 정중히 사양했다.

"내 아들도 강 대표님과 같은 나이로 이번에 대학에 입학했습니다. 아들 같은 마음에서 드리는 것이니 사양치 마세요."

김명박은 다시 선물을 내 쪽으로 내밀며 말했다.

계속 사양할 분위기가 아니었다.

"이렇게 신경 써주셔서 고맙습니다."

사실 마음속으로는 왠지 기분이 좋지 않았다.

물론 투자를 위한 조사였지만 나를 조사했다는 것이 마음에 들지 않았다.

"세부적인 상황은 배명한 부장과 이야기하시면 될 것입니다. 하여간에 이렇게 뵙게 되어 반가웠습니다. 언제 시간 되면 식사나 한번 합시다."

김명박은 나에게 악수를 청하며 말했다.

사장실을 나와 배명한 부장과 다시금 이야기를 나누었다.

"일단 사전에 미리 말씀을 드리지 못해서 미안합니다. 갑작스럽게 임원회의 때 결정된 상황이라서 미처 전달하지 못했습니다."

배명한 부장도 자신의 상사에게서 전달 받은 상황이었다.

문제는 유통업계의 선두 주자인 롯데가 영플라자의 성공에 자극 받아 일사불란하게 투자를 결정했기 때문이다.

"너무 급작스러워서 많이 당황스러웠습니다."

"저도 오늘 오전에 전달 받은 상황이었습니다. 롯데그룹의 최상층에서 명동을 빼앗기지 말라는 지시가 내려왔다고 합니다. 적어도 150억 이상의 투자가 이루어질 것 같습니다."

배명한 부장의 말처럼 예상보다 영플라자의 매출이 컸다.

덩달아서 신세계백화점의 매출도 늘었다.

영플라자의 성공으로 약간은 올드한 이미지를 구축하고 있던 신세계가 젊고 세련된 이미지로 탈바꿈할 수 있게 되었다.

백화점 이미지 조사에서도 작년보다 17%나 인지도가 상승했다.

신세계에서 자체 조사한 성공 비결은 신세대 젊은 층의 구매력이 크게 늘어난 상황에서 패션 트렌트를 주도하는 브랜드들을 영플라자에 입점시킨 것이 가장 크다는 결론이었다.

그중에서 가장 영향력이 큰 패션 브랜드는 닉스였다.

만약 롯데백화점에서 영플라자와 비슷한 콘셉트로 간다면 분명 닉스를 끌어들여야만 할 것이다.

"신세계보다 50억을 더 투자하네요."

"그쪽에서는 영플라자가 이렇게 성공하리라고 생각하지 못했습니다. 아직은 시기상조라고 봤지요."

"모험이 없으면 큰 성공도 없지요."

배명한 부장이 주도한 영플라자는 100억을 투자했다.

자칫 실패한다면 큰 손실로 이어질 수 있는 모험이기도 했다.

"저희 사장님이 강 대표님에게 직접 말씀드린 이유는 분명 롯데 측에서 다시 닉스에 접촉을 할 거라는 예상 때문입니다."

작은 회사의 입점 업체 대표인 나를 신세계백화점 사장이 이례적으로 직접 만난 것은 이러한 배경이 깔려 있었다.

11월에 분리 독립 예정인 신세계백화점은 현재의 주주들에게 삼송과의 결별에도 큰 흔들림이 없다는 것을 보여줘야만 했다.

신세계백화점은 영플라자의 성공으로 인해 명동에서의 상권 다툼에서 미도파와 롯데보다 유리한 고지에 올라선 상황이었다.

"무슨 말씀인지 알겠습니다. 만약 저희가 다른 지점에 닉스 신발을 공급하게 된다면 조건은 어떻게 되는 것입니까?"

"영플라자에 입점한 조건 그대로 적용시켜 드리겠습니다."

배명한 부장의 말이 사실이라면 확실히 좋은 조건이었다.

신세계백화점에 주어야 하는 수수료가 2년 동안이나 면제되는 것이다.

더구나 신규 매장을 돈 한 푼 들이지 않고 열 수 있었다.

문제는 신세계 측에서 요청한 투자였다.

현재의 생산 능력으로는 다른 지점을 열 수 있는 상황이 아니었다.

한 달 뒤 부산 매장을 오픈할 계획 때문에 서울에는 당분간은 매장을 열 생각이 없었다.

"알겠습니다. 부산공장과 충분히 의논한 후 결과를 말씀드리겠습니다."

"파격적이라 말할 수 있는 조건입니다. 좋은 결과 기대하겠습니다."

배명한 부장의 말을 뒤로하고 나는 영플라자에 위치한 닉스 매장을 찾았다.

늘 그렇듯이 다른 매장보다 붐볐다.

그때 큰 소리가 들려왔다.

"열 켤레 산다니까!"

"손님 죄송합니다만 1인당 두 켤레까지만 판매하고 있습니다."

"많이 팔면 좋잖아! 빨리 달라니까!"

막무가내로 신발을 내어놓으라고 하는 인물은 험상궂게 생긴 두 명의 청년이었다.

한 인물의 왼쪽 얼굴에는 큰 상흔까지 있었다.

주변에 있는 누구도 그들의 행패에 나서는 사람이 없었다.

"다른 손님들도 오랫동안 기다리다가 구매하는 신발이라서 한정으로 판매하고 있습니다."

"시발! 왜 이리 말귀를 못 알아들어! 그냥 팔아! 돈 준다니까!"

판매 여직원의 말에 얼굴에 상처가 있는 인물의 손이 위협하듯이 올라갔다.

"뭐 저런 새끼들이 있냐?"

"경찰은 뭐하는지 몰라. 저런 놈들 안 잡아가고."

뒤쪽에서 수군거리는 소리가 들렸다.

"누구냐? 어떤 놈이 씨부리는 거냐! 할 말 있으면 앞으로 나와서 해!"

검은 잠바를 입은 사내가 뒤를 바라보며 큰 소리로 소리치자 수군거리던 소리가 잠잠해졌다.

그의 말에 누구도 나서는 사람이 없었다.

마침 영플라자의 관계자가 다가와 두 사람에게 말을 붙였다.

"무슨 일 있으십니까?"

"아니, 돈 주고 신발을 산다는 데도 싫다고 하잖아."

"저희는 규정대로 하는 것이에요. 1인당 두 켤레밖에 판매하지 않습니다. 열 켤레는 판매할 수 없습니다."

여직원은 계속해서 원칙적인 말을 했다.

"닉스의 규정이니 저희도 어쩔 수가 없습니다. 두 켤레씩 사시죠."

"시발! 그런 법을 누가 만들었는데? 돈을 주면 팔아야 될 것 아냐!"

신세계 직원의 말에도 사내는 굽히지 않았다.

"저 사람들, 줄도 서지 않았어요."

뒤쪽에 있던 여자가 용기를 내어 말했다.

"맞아요. 새치기했어요."

여기저기서 두 사람을 성토하는 소리가 들려왔다.

"그래서! 어쩌라고?"

"이것들이! 증거 있어?"

두 사내는 안하무인(眼下無人)이었다.

"안 되겠습니다. 매장에서 나가주시죠."

신세계 관계자는 소란스러움을 잠재우기 위해 두 사내를 밖으로 내보려고 했다.

"이 새끼가! 우리가 뭐 훔치기라도 했어!"

기분 나쁜 표정을 지은 검은 잠바가 신세계 관계자를 바닥으로 밀었다.

쿵!

신세계 관계자는 그대로 바닥에 엉덩방아를 찧었다.

"이봐요, 나가서 이야기합시다."

지켜보던 나는 도저히 참을 수가 없었다.

"넌 또 뭐냐?!"

내 말에 얼굴에 상처가 있는 놈이 소리치며 물었다.

"여기서 이러면 경찰이 올 텐데. 나가서 이야기하자고, 양아치 같은 놈들아."

내 말에 놀란 토끼눈이 되어 두 사내가 즉각적으로 반응했다.

너무 과하게 말한 것이 아닌가 하는 생각도 해보았지만 이렇게 말하지 않으면 닉스 매장 안에서 계속 소란을 피울 것만 같았다.

"뭐! 이 새끼 봐라? 그래, 나가서 보자!"

"죽고 싶어서 안달이 난 놈일세."

내가 앞장서자 두 사내는 나를 따라왔다.

원하는 대로 신발을 구매하지 못한 두 사람은 화가 무척이나 난 상태였다.

"야, 쟤 이번에 수석으로 들어온 애 아냐?"

뒤쪽에서 이 소란을 지켜보고 있던 백단비가 나를 알아보며 말했다.

"어, 그러네. 이름이 강태… 뭐라고 했는데."

목이 두껍고 통통하게 생긴 정희철이 백단비의 말을 받았다.

"강태수잖아. 위험할 텐데. 우리가 가보자."

한수연이 호기심 어린 표정으로 말했다.

"아서라. 괜히 싸움에 휘말리다가는 골치 아파진다."

몸을 사리느라 행패를 부리는 두 사내에게 말 한마디도 못하던 이정수가 말했다.

"그래도 같은 과 친구잖아. 잘못되기라도 하면 안 되잖아."

"수연이 너, 강태수한테 관심 있는 것 같다?"

백단비의 말에 한수연은 바로 부인했다.

"그게 아니라 누구도 나서지 않는데 용기 있는 행동을 보이잖아."

"야야, 누군 용기가 없어서 그러냐. 똥을 무서워서 피하니, 더러워서 피하지. 안 그러냐, 희철아?"

이정수가 정희철을 보며 말했다.

"맞아, 저런 놈들은 상대해 봤자 우리만 손해야. 강태수 저 놈이 세상을 좀 모르네."

정희철이 이정수의 말에 맞장구를 쳤다.

"그래도 태수가 위험하면 경찰이라도 불러야지."

"알겠다. 수연 공주께서 원하시니 두 사람은 따르라."

백단비는 한수연의 말에 할 수 없다는 듯이 말했다.

"저놈은 신세계 관계자에게 맡기면 될 것을 사서 고생하게 만드네."

정희철이 투덜거리며 한수연의 뒤를 따랐다.

그러자 보고만 있던 이정수도 할 수 없다는 듯이 발걸음을 옮겼다.

＊　　　＊　　　＊

영플라자에서 조금 떨어진 골목길로 들어갔다.

그곳에 공사가 중단된 빈 건물이 있었다.

"지금이라도 그냥 가면 보지 않은 걸로 하겠다."

내 말에 어이없다는 표정으로 검은 잠바가 말했다.

"뭐라는 거야, 저 빙신새끼가?"

"죽으려고 환장한 거지."

두 사내는 전형적인 동네 양아치였다.

"말로 해서는 안 되겠군."

내 말에 얼굴에 상처가 있는 자가 비아냥거렸다.

"네네, 그러세요. 우리도 절대 말로 하지 않을 거니까."

검은 잠바가 입고 있던 잠바를 벗어 던졌다.

그리고 추운 날씨에도 불구하고 안에 입고 있는 옷까지 벗었다.

그러자 다부진 몸이 드러났다.

운동으로 만들어진 전형적인 몸이었다.

"후후! 뭘 믿고 덤비는지는 모르겠는데, 너 사람 잘못 골랐다."

검은 잠바 옆에 서 있던 동료가 그가 벗어놓은 잠바를 손에 들며 말했다.

그의 말처럼 가벼운 발놀림과 손을 뻗는 모습을 보여주는 검은 잠바는 권투를 배운 인물이었다.

실전에서 가장 무섭게 적용되는 것이 권투였다.

이미 금속과 박종수와의 대결에서 충분히 겪었다.

하지만 그때의 나와는 많은 것이 변해 있었다.

검은 잠바는 가벼운 발놀림을 보이며 내 앞의 허공으로 위협하듯이 잽을 날렸다.

일반인이 보았다면 두려움을 줄 수 있는 동작이었다.

"야, 적당히 해! 저 새끼 쫄았나 보다!"

내가 아무런 동작을 취하지 않고 검은 잠바를 멍하니 바라보고만 있자 이들은 내가 겁을 먹은 줄로 알았다.

"그러니까 누울 자리를 보고 발을 뻗어야지."

말이 끝나는가 동시에 주먹이 내 얼굴로 향했다.

붕― 웅!

인상적인 혹이었다.

하지만 그 주먹은 빈 허공을 가를 뿐이었다.

"허! 이 새끼 봐라?"

검은 잠바는 당황한 듯 일부러 큰 소리로 말했다.

이번에는 빠르게 앞으로 파고들며 원투스트레이트를 뻗었다.

그러나 이번에도 원하는 목적을 이루지 못했다.

"인수야, 날이 춥다. 그만 갖고 놀아라."

정인수는 권투신인왕전 라이트급 4강까지 오른 인물이었다.

하지만 급한 성질 때문에 주먹을 잘못 휘둘러 권투를 그만둔 상태였다.

잠바를 들고 있는 인물은 친구가 나에게 뻗은 주먹이 장난치듯이 놀리는 동작으로 본 것이다.

"아쭈! 뭐 좀 배웠나 본데?"

자신의 공격이 두 번이나 실패하자 정인수는 조금 당황스러워했다.

그도 그럴 것이, 내가 보여준 발놀림은 그가 처음 보는 동작이기 때문이었다.

정인수의 공격은 날카로웠지만 내 눈에 다 보이는 공격이었다.

단번에 끝낼 수 있는 기회도 있었지만 그렇게 하지 않았다.

이들은 지금껏 자신보다 강한 인물을 만나보지 못해서 기고만장한 상태였다.

세상에는 얼마나 강한 사람들이 즐비한지 보여줘야만 했다. 정인수는 이제는 위빙을 하며 나를 한쪽으로 몰아붙이려고 했다.

그때였다.

퍽!

악!

소리와 짧은 비명 소리가 동시에 들렸다.

정인수가 절뚝거리며 뒤로 물러났다.

정인수가 바짝 다가오자 나는 그의 허벅지에 로우킥을 날렸다.

모든 신경이 상체로 가 있는 상황에서 정인수는 밑에서 날아오는 로우킥에 대한 대비가 전혀 없었다.

"이 새끼가 비겁하게!"

허벅지를 문지르며 말하는 정인수의 말이 어이없었다.

"웃기는 놈이네. 싸움을 꼭 주먹으로만 하나."

"개새끼가 정말!"

정인수는 내 말에 흥분했는지 크게 주먹을 휘둘렀다.

나는 살짝 고개를 뒤로 젖힌 후 바로 로우킥을 날렸다.

퍽!

또다시 경쾌한 타격 음이 아래에서 들려왔다.

"아악! 좆같은 새끼가……."

이번에는 아예 왼쪽 다리를 부여잡으며 뒤로 물러났다.

나는 그를 그대로 내버려 두지 않았다.

바로 다가가 세 번째 로우킥을 날렸다.

이러한 공격을 접해보지 못한 정인수는 그대로 당했다.

퍽— 억!

더욱 강력하게 들어간 로우킥이었다.

꽈당!

그대로 땅바닥에 쓰러지며 고통스러운 신음 소리와 함께 정인수는 나를 향해 손을 내밀며 말했다.

"아흑! 그만, 그만하세요."

얼마나 아픈지 눈가에 눈물까지 고여 있었다.

정인수의 이런 모습에 당황하는 것은 그의 친구였다.

언제나 든든한 방패막이인 정인수가 당한 것이다.

"이런 개새끼가 죽을라고."

그는 어느 순간 손에 칼을 들고 있었다.

하지만 그 모습이 어설펐다. 전문적인 칼잡이의 모습은 아니었다.

단지 위협용으로 가지고 다니는 칼이었다.

휘—릭!

그 모습에 나는 몸을 날렸다.

허공에서 정확하게 한 바퀴를 회전하며 떨어져 내릴 때 그대로 그의 머리를 가격했다.

퍽!

우당탕!

그는 페인트 통이 쌓여 있는 곳으로 나가떨어졌다. 그리고 대자로 뻗어버렸다.

땅바닥에 주저앉아 있는 정인수에게 다가가자 그는 이전과 달리 약자의 모습을 보였다.

"죄, 죄송합니다. 그만하세요. 제가 잘못했습니다."

내가 예상한 것처럼 전형적인 양아치였다.

약자에게는 사정없이 강한 척을 하고 강자에게는 바로 꼬리를 내리는 유형의 인간이었다.

"한마디만 할게. 주먹은 함부로 쓰는 게 아니야. 그리고 주먹을 잘못 휘두르면 그에 대한 책임을 져야 해."

"예? 그게 무슨 말씀인지……."

내 말에 정인수는 당황한 모습이었다.

"손 좀 내밀어봐."

기가 꺾인 정인수는 불안한 눈빛으로 손을 내밀었다.

그런 그를 바라보며 나는 정인수의 오른손 중지를 그대로 꺾어버렸다.

"아아악!"

정인수의 고통스런 비명 소리가 울려 퍼졌다.

"한동안 주먹을 쓸 수 없을 것이다. 다음에 또 보자. 그때는 한 개로 끝내지 않을 거다."

말을 끝낸 나는 찢어진 공사 포장 막을 헤치며 골목길로 걸어나왔다.

정인수의 손가락을 꺾을 때 알 수 없는 충동이 몸속에서 끓어올랐다.

이전에는 느껴보지 못한 감정이었다.

내가 너무한 것이 아닌가 하는 생각도 들었지만 이렇게 하지 않으면 정인수는 다른 곳에서 이와 같은 일을 또다시 벌일 것이 분명했다.

*   *   *

"봤어?"

정희철이 이정수를 보며 말했다.

"뭐 저런 놈이 다 있지? 완전 싸움꾼이잖아."

이정수는 놀란 입을 다물지 못했다.

"야아! 멋있다!"

백단비는 내 모습에 도취된 것 같은 표정이었다.

한수연만 아무 말도 하지 않은 채 골목길을 벗어나는 내 모습을 끝까지 바라보고 있었다.

근처로 다가가지 못한 이들은 공사장이 훤하게 내려다보이는 4층 건물을 발견하고는 옥상으로 향했다.

여차하면 큰 소리로 외쳐 사람들을 부르려고 했다.

네 사람은 몸을 숨긴 채 숨죽이고 정인수와 싸우는 모든 상황을 지켜봤다.

*   *   *

영플라자의 직원이 돌아온 나를 보며 걱정하듯 물었다.

"대표님, 괜찮으세요?"

"아, 예, 이야기가 잘되었습니다. 한데, 오늘 같은 이런 일이 종종 있나요?"

"자주는 아니지만 종종 실랑이가 벌어져요. 워낙 닉스 신발이 인기 있다 보니 많이 찾는 치수가 빨리 팔려 나가거든요. 그럴 때면 손님들끼리 다툼을 벌일 때도 있고요."

판매 직원의 말처럼 닉스로 인해서 일어나는 손님과 판매 직원과의 분쟁이 전부가 아니었다.

수량이 부족한 치수의 신발은 서로가 먼저 집었다며 종종 싸움으로 번졌다.

명동의 영플라자에 신규 매장을 열면 닉스 신발을 원하는 구매 고객들의 불만을 어느 정도 잠재울 수 있을 것이라고 생각했지만 그건 기우였다.

닉스의 인기가 퍼져 나가자 잠재 수요층이 더욱 확대된 결과였다.

"판매 매장이 더 필요하다는 이야기인데."

지금의 혼란을 줄이려면 판매처를 더 늘릴 수밖에 없었다.

"그리고 옆 매장에게서 항의도 자주 듣고 있어요. 저희 때문에 피해를 입는다고요."

고객들이 원하는 신발이 새롭게 들어오는 날이면 길게 줄이 늘어서는데 그때 줄이 다른 매장의 출입구를 막았다.

"알겠습니다. 제가 여러 각도로 검토해 보겠습니다. 힘들겠지만 조금 더 수고해 주세요. 빠른 시간 내에 결론을 내도록 하겠습니다."

"예, 저희야 회사가 잘되면 좋죠. 새로운 직원들도 회사에 대한 자긍심이 대단합니다. 저희 같은 판매 직원에게 닉스처럼 좋은 조건으로 대우해 주는 데가 없으니까요."

판매팀장의 얼굴에선 피곤함이 묻어나왔지만 닉스에 대한 자부심이 느껴졌다.

나는 판매 사원들을 다른 회사보다 급여 부분이나 복리후생에도 더욱 신경을 썼다.

단적인 예로 매장을 꾸밀 때 판매 사원들이 쉴 수 있는 공간을 마련해 주었다.

하루 종일 서서 일하는 판매 직원들은 하지정맥류라는 질병을 앓는 직원들이 많았다.

운동이 부족하거나 오랫동안 서거나 앉아서 생활할 때 걸리는 질병이다.

겉으로 보면 피부에 거미줄 모양의 가는 실핏줄처럼 나타나기도 하고, 병이 좀 더 진행되면 늘어난 정맥이 피부 밖으로 돌출되어 뭉쳐져 보이고 만지면 부드럽지만 아픈 곳도 있다.

문제는 도드라져 보이는 다리의 힘줄이 미용상으로도 좋지 않았다.

이 모든 게 가정 형편 때문에 대학 진학을 포기하고 판매 사원으로 일한 여동생 때문이었다.

직원들이 쉴 수 있는 시간을 주기 위해서 돈이 더 들어가지만 판매 사원은 다른 회사 매장보다 한 명이 더 많았다.

"앞으로 더 좋아질 테니까 지금처럼 파이팅해 주세요."

"언제나 최선을 다해 파이팅하겠습니다."

영플라자 판매팀장의 대답에 진실함이 묻어 있었다.

판매 직원을 뽑을 때는 이전처럼 경험이 풍부한 경력자보다는 성실하고 인성이 좋은 사람을 우선시했다.

혼자서는 조금 부족하지만 팀으로는 힘을 발휘하는 사람들이 우선적으로 뽑혔다.

Chapter 8

송 관장의 집으로 돌아오자 무척이나 피곤했다.

지금 벌이고 있는 사업들이 하루가 다르게 달라지고 있었다.

닉스는 모든 사람의 예상을 뛰어넘는 성장을 보였다.

명성전자 또한 조직이 정비되자 본궤도에 올라서고 있었다.

비전전자는 부품 판매 사업이 무척이나 호조를 보였다.

새롭게 설립한 블루오션까지 사업이 본격적으로 진행된다면 몸이 남아나질 않을 것 같았다.

방으로 들어서자마자 나는 벌러덩 드러누워 버렸다.

영플라자에서 곧바로 홍대로 향했다.

신세계백화점에서 제시한 투자에 관해서 다각적인 검토와 회의를 마치고 온 상태이다.

"투자가 필요하기는 한데……."

매출은 매달 가파르게 상승했다.

생산하는 모든 신발이 재고가 쌓이지 않고 곧바로 팔려 나갔기 때문이다.

하지만 거래 업체와 어음이 아닌 무조건 현금으로 지불하는 원칙을 세웠기 때문에 이익금이 쌓이기도 전에 협력 업체 쪽으로 빠져나갔다.

그 덕분에 협력 업체들은 질 좋은 신발 부자재를 공급 받았고, 닉스의 일을 우선적으로 취급했다.

더욱이 낡은 생산 설비를 지속적으로 교체하고 있어 자금이 계속 들어갔다.

부산공장의 한광민 소장은 신세계백화점의 투자를 반겼다.

다른 조건을 내걸지 않은 것이 마음에 든 것 같았다.

이제는 한광민 소장이 닉스에 대해 조금씩 욕심을 내고 있었다.

그는 OEM(주문자 상표 부착품)이 아닌 자기 상표를 달고서 대한민국 국민들이 너도나도 신고 싶어 하는 신발을 만들기를 원했다.

그런데 이제 그 꿈이 현실로 이루어지고 있었다.

"타이밍이 중요하기는 한데, 지금이 그때인지를 모르겠네. 우이! 어렵다, 어려워!"

몸을 뒤척이다 가방을 발로 찼다.

그러자 신세계백화점 사장 정명석이 입학 선물로 준 상자가 옆으로 삐져나왔다.

"선물도 뜯어보지 못했네. 뭘 준 거야?"

선물 상자를 뜯어보았다.

선물은 만년필과 사인펜이었다.

한데 보통 만년필이 아니었다. 고가의 브랜드인 몽블랑이었다.

금빛의 만년필촉은 상당히 고가로 보였다.

더구나 만년필 손잡이에는 내 이니셜까지 멋지게 새겨져 있었다.

"야, 끝내주네!"

몽블랑 만년필에서도 최고급 레벨에 속하는 제품이었다.

신세계백화점에서 나를 어떤 식으로 생각하고 있는지를 단적으로 보여주는 선물이었다.

*   *   *

배명한 부장의 말처럼 이틀 후 롯데백화점에서 홍대로 나를 찾아왔다.

이전에 나를 찾아온 이창수 차장이 아니었다.

이번에는 이사 직급의 인물이었다. 20대 후반 정도밖에 보이지 않는 인물은 놀랍게도 여자였다.

이번에 새롭게 이사로 선임된 이은미는 롯데백화점에서 야심차게 스카우트해 온 인물이었다.

영국의 해롯백화점과 프랑스 파리에서 가장 규모가 큰 갈르리 라파예트에서 남성복 파트 총괄팀장을 맡았던 인물이었다.

파리에서 디자인을 전공한 그녀는 패션디자이너로도 이름을 알린 인물이기도 했다.

그녀는 롯데백화점에서 신세계의 영플라자에 대항해서 만들려고 하는 영마켓의 실질적인 책임자였다.

"말씀 많이 들었습니다. 이은미라고 합니다."

"강태수입니다. 꽤나 젊어 보이시는데 일찍 이사가 되셨네요."

나를 찾아온 이창수 차장도 30대 후반이었다.

"호호! 오히려 대표님이 저보다 더 젊지 않으세요? 1년도

채 되지 않아서 국내에 모든 백화점에서 닉스를 입점하고 싶어 하게 만드시다니 정말 대단하시네요. 진심으로 드리는 말씀이에요."

밝게 웃는 이은미는 상당히 세련되고 멋스러웠다.

지금껏 봐온 여자 중에서 가장 옷을 잘 입는 것 같았다.

"하하! 그렇게 되나요? 감사합니다."

칭찬은 언제나 듣기 좋았다. 더구나 아름다운 여자에게서는 더욱.

"사무실도 아주 세련되고 심플하네요. 보기 좋아요."

"모든 걸 좋게 봐주시네요."

"사실을 말씀드리는 건데……. 제가 찾아온 이유는 강 대표님이 잘 아실 겁니다. 저희가 신세계의 영플라자와 비슷한 형태를 갖춰서 젊은 층을 공략할 영마켓을 준비하고 있습니다."

'이름을 영마켓으로 지었구나. 그리 나쁘지는 않네.'

"신세계백화점과 계약한 지 얼마 되지도 않았습니다. 그리고 솔직히 말씀드리면 현재 저희가 생산하는 신발은 세 군데 매장에 공급하기도 벅찬 상태입니다."

사실 영플라자 매장은 계획보다 한 달 정도 빠르게 오픈한 것이다.

예정대로 하면 서울이 아닌 부산에 매장을 내기로 했다.

"음, 어쩌면 소량으로 신발이 공급되었기에 닉스를 더욱 찾게 만드는 것일 수도 있겠네요."

이은미의 눈은 정확했다.

닉스 신발의 디자인과 품질이 뛰어났지만 공급이 수요에 비해서 턱없이 모자라다 보니 쉽게 구입할 수 없는 신발로 인식되어졌다.

그러다 보니 신발을 구입하여 신고 다니는 젊은 층에는 닉스에서 나온 신발을 컬렉션 형태로 모으기까지 했다.

"그럴 수도 있습니다. 저희 쪽에서 영플라자 입점을 위해서 신발 생산량을 늘렸지만 그래도 많이 부족한 상태입니다."

"음, 그렇다면 지금 당장 생산량을 늘릴 수도 없으시겠네요?"

"예, 신규 아이템도 출시해야 하기 때문에 더욱 빡빡하네요."

"무슨 말씀인지 잘 알겠습니다. 혹시 출시를 준비하고 계신 새로운 신발을 볼 수 있을까요?"

이은미는 사정하거나 보채지 않았다. 합리적인 스타일인 것 같았다.

"물론입니다."

나는 뒤쪽에 놓인 닉스에어-I와 닉스에어-II를 이은미에게 보여주었다.

"디자인이 정말 세련되고 멋지네요. 신발 밑창도 독특하고. 이건 처음 보는데, 어떤 역할을 하죠?"

이은미는 신발을 꼼꼼히 살피며 물었다.

"닉스에어라고 합니다. 대용량의 공기주머니를 압축시켜 충격을 최소화했습니다. 신발을 착용한 사람이 쉽게 체감할 수 있을 정도의 강한 쿠셔닝을 제공합니다."

"정말 대단하네요. 지금까지 닉스에서 나온 신발을 강 대표님을 만나러 오기 전에 다 보고 왔습니다. 앞으로 나올 신발들이 더 욕심이 나네요. 그리고 누가 이런 디자인과 아이디어를 내는지 무척 궁금하네요."

이은미의 말에 내가 미래에서 왔다고 말할 수는 없었다.

신발 전체의 윤곽은 나와 한광민 소장이 결정했다. 세부적이고 디테일한 부분은 정수진 실장이 담당했다.

"하하! 저희 회사 디자이너들의 실력이 훌륭합니다."

"정말 그런 것 같네요. 유능한 디자이너들이 다른 회사로 유출되지 않게 단단히 단속하셔야겠어요."

"노력하고 있습니다. 아직까지는 다들 회사에 만족하고 있으니까요."

"음, 어떻게 해야 되나? 저희가 닉스 신발을 공급 받을 수 있는 좋은 방법이 없을까요?"

이은미는 오히려 나에게 물었다.

"글쎄요. 지금은 힘들 것 같습니다."

"지금 당장은 어렵겠죠. 한데 저희가 영마켓을 준비하려면 두 달 정도 시간이 소요되는데 두 달 후는 어떨까요? 저희가 닉스에 생산 시설을 확충할 수 있도록 30억을 지원해 드릴게요. 신세계 쪽에도 지금처럼 납품하셔도 되고요. 저희 롯데 쪽에도 닉스 신발을 공급해 주시기만 하면 되는데……."

이은미의 요구는 신세계백화점에서 요구한 것보다 합리적이었다.

신세계는 20억을 지원해 주는 조건으로 독점 공급을 요구했다. 이은미는 협상을 잘했다.

"저를 힘들게 만드시네요. 지금 당장 결정할 수는 없겠는데요."

"당연히 그러시겠죠. 그럼 저희도 준비해야 될 사항들이 있으니까 다음 주까지 결정된 상항을 말씀해 주시면 고맙겠습니다."

"알겠습니다. 연락 드리겠습니다."

"그럼 가보겠습니다. 저는 한번 맺은 인연을 소중하게 생각합니다. 그리고 만약 닉스가 저희 쪽에 입점이 안 되면 유럽에서 인기를 끌고 있는 럭스라는 브랜드를 대항마로 들여올 생각입니다."

이은미가 말하는 럭스는 영국의 디자이너가 만든 신발이었다.

영국과 중부 유럽에서 젊은 층에 큰 인기를 끌고 있는 신발 브랜드였다.

"하하! 저희에게 당근과 채찍을 다 주고 가시네요."

"그런가요? 저는 정말 닉스가 마음에 들어서 드리는 말씀이에요. 꼭 저희 쪽에도 기회를 주셨으면 합니다. 그럼 다음에 뵙겠습니다."

이은미는 나에게 고개를 살짝 숙이며 인사를 건넸다.

사실 럭스라는 브랜드를 들여와도 닉스 신발의 판매에 크게 영향을 끼치지 못할 것이다.

독특한 디자인으로 유럽의 젊은 층을 공략했지만 아직 한국 정서에는 맞지 않은 디자인이었다.

롯데백화점은 분명 신세계백화점에서 닉스에 대한 20억 투자 방침을 알아낸 것 같았다.

그렇지 않다면 이은미와 처음 만나는 자리에서 시설 투자비에 대한 이야기가 나오지 않았을 것이다.

신세계백화점 상층부에 롯데와 연계된 사람이 있는 것이 분명했다.

이은미가 던지고 간 30억의 시설 투자금은 꿀처럼 달콤한 제안이었다.

더구나 신세계와 달리 독점 공급이 아니었다.

30억은 이자도 없는 무이자로 제공되는 돈이다.

현재 은행에서 돈을 빌린다면 아무리 좋은 조건이라도 연리 4% 이상의 이자를 주어야만 했다.

닉스에 여유 자금이 부족한 지금 두 백화점의 제안은 거절할 수 없게 만드는 달콤한 제안이었다.

*　　　*　　　*

대학 생활은 크게 어려운 점이 없었다.

염려하던 것과는 달리 수업은 재미있었고 아직까지 많은 시간을 빼앗기지 않았다.

학기 초여서인지 다들 공부보다는 여자 대학교와의 미팅에 관심을 쏟고 있는 시기였다. 그도 그럴 것이, 서울대학교에 들어오기 위해 쏟은 시간과 공부 양이 엄청났다.

지금 그 해방감을 지금 누리고 있었다.

다른 학생들과 달리 나는 그러한 시간을 낼 여력이 없었다.

낭만을 즐기려는 학과 친구들은 동아리에 가입하여 각자가 원하는 것들을 즐기고 있었다.

수업이 끝나자마자 학교를 벗어나는 사람은 나와 이동수뿐이었다. 아직까지 이동수와 술 한잔하자는 약속도 지키지 못하고 있었다.

　이날도 부리나케 강의실을 나가려는 순간이었다.

　"저기요!"

　뒤쪽에서 나를 부르는 목소리가 들렸다.

　뒤를 돌아보자 나를 뻔히 쳐다오는 여자애가 있었다.

　"저요?"

　"네, 매일 뭐가 그리 바쁘세요?"

　"태수야, 나 먼저 간다. 진짜 금요일에 한잔하자."

　동수는 내 어깨를 치고는 강의실을 먼저 나갔다.

　"어, 그래."

　나에게 말을 붙여온 여학생은 눈이 크고 맑았다.

　긴 생머리 때문인지 청순하고 여성스럽게 보였다.

　한데 그녀를 보자 어디서 많이 본 것 같다는 생각이 들었다. 분명 누군가와 많이 닮아 보였는데 그 누군가가 바로 떠오르지 않았다.

　"무슨 일 때문에……."

　"한수연이에요. 경영과 91학번."

　"어, 같은 과네요?"

　한수연과 나는 전공 수업이 아닌 교양 수업을 받고 있었다.

　"네, 이름이 강태수죠?"

　"어떻게 제 이름을?"

"아까 출석 불렀잖아요. 제가 바로 뒤에 있었거든요."

한수연은 하얀 이를 드러내어 밝게 웃으며 말했다.

그 모습에 한수연이 누군가와 닮았는지 바로 떠올랐다.

"이영애!"

나도 모르게 머릿속에 떠오른 이름이 입 밖으로 터져 나왔다.

"이영애라니요? 이영애가 누구죠?"

한수연은 내 입에서 다른 여자의 이름이 나오자 표정이 바뀌며 물었다.

아직까지 이영애는 무명에 가까웠다.

그녀는 1990년 한양대학교 2학년 때 오리온 투유 초콜릿 광고를 통해 연예 활동을 시작했다.

'이름이 갑자기 생각나는 바람에 그만 입 밖으로까지 나왔네. 한데 정말 많이 닮았다.'

"초콜릿 광고에 나오는 모델 있잖아요. 동양제과 투유 초콜릿인가?"

투유 초콜릿 광고의 전편은 김민종이 나왔고, 후편의 아이스하키 편에는 유덕화와 찍어서 유명해진 광고였다.

"아! 본 적 있어요. 그 광고에 나오는 여자요?"

"네, 누구하고 닮았다는 생각이 들었는데 생각이 나지 않다가 갑자기 떠오르는 바람에 그만……."

나는 멋쩍은 듯 머리를 매만지며 말했다.

"제가 그렇게 닮았어요?"

"네, 그런 말 들어보지 않았나요?"

"아니요. 오늘 처음 듣는데요."

'아직 이영애가 유명하지 않아서 그런가. 하긴 공동경비구역 JSA 후에 인기가 올라갔지.'

나중의 일이지만 그 후 2003년에 방영된 대장금으로 인해서 한류스타로 급부상했다.

"그렇구나. 기분이 나쁘셨다면 미안합니다."

"아니에요. TV 광고에 나오는 모델과 닮았다는데 싫지 않지요. 하지만 그 여자가 절 닮은 거예요."

한수연이 재치 있게 말했다. 내가 보더라도 매력적인 여자인 한수연은 남자들이 많이 따를 타입이었다.

"하하! 그렇게 되나요?"

"그럼요. 한데, 잠깐 시간 되세요? 친한 친구가 오늘 일이 있어서 오지 않았네요. 혼자 밥 먹으려니까 좀 그래서요."

한수연의 말을 거절하기가 힘들었다. 아름다운 미인의 제안이라 더욱 그랬다.

"아직 식사를 못하셨어요?"

"네, 그렇게 되었어요."

"저도 조금 출출하던 차인데 잘됐네요."

사실 배가 고프지는 않았다.

"우리 학교 밖으로 나가서 먹을까요? 2주 동안 학교 식당에서만 먹었더니 이젠 좀 지겹네요."

한수연의 말에 나는 코코스가 생각났다. 그곳에서 받은 상품권이 있었다.

50만 원 상당의 식사상품권 중에서 가인이와 예인이가 30만 원을, 내가 20만 원을 가졌다.

그중 10만 원을 여동생에게 주었고 나머지는 지갑에 보관하고 있었다.

때마침 명동에 갈 일도 있었다.

"그럼 제가 아는 곳이 있는데 가시겠어요?"

"그럼요. 식사는 제가 살게요."

한수연은 반색하며 말했다.

*　　　*　　　*

점심 식사 시간이 지나고 평일이라서 그런지 사람은 생각보다 적었다.

한수연은 코코스에 온 것이 뜻밖이라는 듯이 물었다.

"이런 곳도 와보셨어요?"

패밀리레스토랑은 남자끼리는 오지 않기에 물어본 말이다.

"이사를 도와준 동생들과 왔었죠."

"그래요. 보통 중국집에 가지 않나요?"

"그날따라 좀 색다른 걸 먹고 싶어서요."

"그랬구나. 저도 몇 번 먹어봤는데 나쁘지는 않더라고요."

한수연은 메뉴판을 이리저리 살피더니 토마토스파게티를 주문했다.

"배가 많이 고프다고 하지 않으셨나요? 제가 사드릴 테니 마음껏 시키세요."

"이 정도면 충분해요. 식사는 제가 내기로 했잖아요. 한데, 같은 경영학과면 말을 놓는 것도 나쁘지 않을 것 같은데. 나도 재수를 하지 않아서 나이도 같고."

계속해서 존댓말을 쓰는 것이 왠지 어색했다.

"그런가? 하긴 나도 좀 그렇긴 했는데. 그럼 이 시간부터 말 놓자. 잠시만. 전 이걸로 주세요."

한수연은 종업원을 바라보며 새롭게 출시된 세트 메뉴를 주문했다.

"혹시 나 때문에 식사를 다시 하는 건 아니지?"

"아니야. 점심을 좀 적게 먹었거든."

"그런데 모든 여자한테 이렇게 친절해?"

한수연이 궁금한 듯 물었다.

"왜 그런 말을 하는데?"

"처음 보는 내가 부탁을 했는데도 거절하지도 않아서."

내 눈을 똑바로 쳐다보며 말하는 한수연은 사뭇 도발적이었다.

"학과 동기의 부탁인데 그냥 모른 체할 수 없잖아. 더구나 이런 미인의 부탁을 거절할 남자는 없지. 하하하!"

말을 하고 나서 나는 멋쩍어 웃을 수밖에 없었다.

"후후! 내가 못생겼다면 거절했겠네?"

"그런 뜻은 아니지. 솔직히 나도 사내다 보니 미인에게는 아주 조금이지만 약한 면이 있어서……."

내 말이 우스웠는지 한수연은 하얀 이를 마음껏 드러내며 웃음을 토해냈다.

"깔깔깔! 태수는 재미있는 사람인 것 같아."

"그렇게 보여?"

한수연의 말에 나는 뒷머리를 만지며 말했다.

"응! 재미있어. 그리고 좀 위험한 사람 같기도 하고."

"그게 무슨 뜻이야? 위험한 사람이라니?"

한수연이 말하는 의미가 무엇인지 궁금했다.

"그런 게 있습니다. 여자 특유의 감이지. 앞으로 차차 알게 되겠지만."

하지만 그녀는 내 물음에 대답하지 않았다.

처음 보는 한수연에게 알쏭달쏭한 말을 들으니 기분이 묘

했다.

왠지 내가 모르고 있는 것을 한수연이 알고 있는 것이 아닌가 하는 생각까지 들었다.

식사를 하는 내내 한수연은 유쾌하게 말을 했다

처음에는 조용하고 숫기 없는 아가씨로 봤다. 한데 막상 이야기를 나누다 보니 자기주장이 확실하고 쾌활한 성격의 소유자였다.

"정말 대단하다. 나는 하루 평균 10~12시간을 공부했는데 고작 대여섯 시간 책을 봤다니……."

한수연은 내 이야기에 고개를 설레설레 저었다. 도저히 믿기 힘들다는 표정이다.

그녀는 나에게 서울대에 들어오기 위해 어떤 방법으로 공부를 했냐고 물었다.

나는 있는 그대로 이야기해 주었다.

물론 전체 수석이라는 나도 믿기 힘든 결과로 이어졌지만.

"운이 좋았지. 찍은 문제도 맞았고 문제집에서 본 유사 문제가 많이 나왔으니까."

"그래도 그렇지. 학력고사 만점에다 서울대 전체 수석이 누구 애 이름은 아니잖아. 태수 너, 머리가 보통이 아닌가 보다. 하긴 서울대에 입학하는 사람 모두가 수재들인데 태수는 그중에서도 천재인가 봐."

서울대 경영학과에 들어온 동기 대부분이 수재 소리를 늘 달고 살던 친구들이었다.

"하하! 천재라···. 듣기 좋은 말이지. 너에게서 천재란 소리를 들으니까 정말 천재가 되고 싶은데?"

한수연에게 천재가 되고 싶다고 말했지만 이미 나는 천재였다.

아니, 천재 중의 천재일 것이다.

천재들은 뛰어난 머리로 인해서 언어, 수리, 공감각 등 특정 영역에서 두드러진 두각을 나타낸 인물들을 가리킨다.

천재들도 각자가 뛰어난 분야가 있었다.

언어 영역이라든지 수리 영역, 그리고 뛰어난 예술적 감각 등이다.

그런데 나는 하나의 영역에만 머물러 있지 않았다.

머리를 쓰면 쓸수록 새로운 사고가 열리고 새로운 영역으로 확장되어 가는 느낌이었다.

나는 시간이 지날수록 모든 영역에서 눈에 띌 정도로 뛰어난 모습을 보였다.

하지만 일부러 그러한 모습을 보여주지 않으려고 애쓰고 있었다.

더욱이 그 영향이 육체적인 부분으로도 연결되고 있었다.

"내가 볼 때는 천재야. 하여간 앞으로 태수에게 잘 보여야

할 것 같아."

"왜? 시험 볼 때 답 좀 알려 달라고 하려고?"

"와! 정말 천재데? 어떻게 알았어?"

한수연은 놀란 표정에 손뼉까지 치며 말했다.

"얘가 정말 나를 손바닥에 올려놓고 마음대로 가지고 노네."

한수연은 만난 지 몇 시간 되지 않았는데도 오랫동안 알고 지낸 친구처럼 농담을 자연스럽게 했다.

꾸밈이 없고 스스럼없는 스타일이었다. 누구에게서나 사랑 받을 타입이었다.

그때였다.

알람 소리와 비슷한 소리가 한수연의 가방에서 들렸다. 한수연이 꺼낸 것은 무선호출기(삐삐)였다.

"미안, 잠시만 기다리고 있어."

한수연은 호출기에 찍힌 전화번호로 전화를 걸기 위해 자리에서 일어났다.

현재 무선호출기는 아직까지 전국적으로 개통되지 않은 상태였다.

서울과 부산 등 일부 대도시에서만 사용되고 있었다.

아직은 기기 가격이 일반 사용자가 사용하기에는 비쌌고 삐삐 이용 요금도 그리 싸지 않았다.

현재는 전문직 종사자나 병원 관계자들이 주로 이용했다.

우리나라에서는 1982년 12월 15일 처음으로 무선호출 서비스가 실시되었다.

처음에는 수도권 위주로 서비스가 됐지만 1986년 3월 부산 지역으로, 10월에는 대구, 대전, 광주 지역으로 서비스 지역을 넓혀갔다.

1984년 3월 1만 명에 불과하던 무선호출기 가입자는 도입 10년 만인 1992년 4월 21일에는 가입자가 100만 명, 1993년 7월 19일에 200만 명, 1995년 11월 6일에 500만 명을 넘는 등 폭발적인 상승세를 기록했다.

1992년 사용 지역이 전국적으로 광역화되고 160MHz대에서 322~238.6MHz로 확대되었으며, 1993년부터는 해외에서도 호출할 수 있는 글로벌 서비스도 시행되면서 그 수요가 폭발적으로 증가하며 무선호출의 황금시대를 구가하였다.

그 결과 전체 국민 중에서 2천만 명이 삐삐에 가입했다.

한수연은 2~3분 후에 자리로 돌아왔다.

"어쩌지? 급하게 가봐야 될 일이 생겼네."

"어, 괜찮아. 나도 일어나려고 했으니까."

"그래, 그럼 다행이고. 대신 여기는 내가 낼게."

"아니야. 내가 낼게."

"그럼 오늘은 내가 내고 다음에는 네가 내면 되겠네. 그리고 이건 내 삐삐번호야. 시간 되면 연락해."

한수연이 내민 메모지에는 삐삐 번호가 적혀 있었다.

'입고 다니는 옷도 비싼 브랜드던데, 잘사는 집 딸내미이
구나.'

"그래, 꼭 연락할게."

한수연은 내 말에 만족한 미소를 보이며 계산대로 걸어갔
다.

한수연과 헤어지고 나서 나는 곧장 명성전자가 있는 구로
로 향했다.

Chapter 9

　새롭게 창업한 블루오션은 5월까지 시제품을 내어놓기로
했다.

　블루오션에는 다섯 명의 직원이 더 합류했다.

　세 명은 김동철과 함께 근무했던 직원이고 나머지 두 명은
사원 모집 공고를 보고 찾아온 사람들이었다.

　모두 열 명의 직원이 갖추어진 블루오션은 그중 여섯 명이
개발 인원이었다.

　다들 개발 분야와 엔지니어 파트에서 인정받던 인물들이
다.

이들은 김동철의 열정과 내가 제시한 블루오션의 청사진을 보고 안정된 직장을 버리고 합류했다.

그래서인지 다들 20대 후반에서 30대 초반이었다.

나는 그들에게 최고가 될 수 있는 자신감과 비전을 제시했다.

또한 기업 소유의 개념을 바꾸어 말했다.

기업은 더 이상 개인의 소유물이 아니며 회사의 구성원인 노동자는 경영 파트너라는 점을 강조했다.

반드시 노조를 설립할 것이며 노조 대표를 이사회에 참여시킨다고 약속했다.

다른 회사에서는 전혀 생각지도 못한 사고방식이었다.

직원 모두가 진정으로 원하는 직장과 안정된 생활을 할 수 있게 만들어주겠다는 약속도 했다.

그 실례가 명성전자에서 진행되고 있는 직원들을 위한 복지제도였다.

구내식당을 새롭게 만든 후 나는 직원들이 충분히 휴식과 오락을 겸할 수 있는 공간을 만들어주었다.

닉스처럼 원두는 아니지만 커피자판기와 탄산음료를 무료로 마실 수 있게 했다.

또한 탁구대와 당구대도 새롭게 들여와 점심시간과 일과 시간이 끝난 후 이용할 수 있게 했다.

돌아오는 봄에는 직원들의 기숙사를 새롭게 꾸밀 예정이었다.

이러한 변화에 명성전자의 직원들은 사기가 높아졌고 일하는 능률도 상당히 좋아졌다.

전 사주의 아들로 인해서 어려움을 겪었음에도 불구하고 명성전자의 직원 월급을 10% 일괄적으로 인상했다.

모든 것을 눈으로 보고 피부로 느낀 블루오션의 직원들은 내 이야기가 공염불(空念佛)이 아님을 믿게 되었다.

블루오션의 준비는 모두 끝났다.

사무실과 연구개발실도 마련되었고 집기도 갖추었다.

필요로 하는 최소한의 인력도 확보된 상태이다.

이제는 시장에서 인기를 끌 수 있는 제품을 만들어내는 일만 남았다.

블루오션의 이름을 달게 될 첫 제품으로 어떤 것을 만들까 하는 문제는 회사의 이미지 외에도 차후의 사업 진로에노 막대한 영향을 끼칠 것이 분명했다.

일단 나와 김동철은 시장을 관찰하고 주시했다.

대기업과 중견 기업들이 꽉 쥐고 있는 시장 어딘가에 분명 느슨한 구석이 있을 것이기 때문이다.

얼핏 보아서는 메이저 회사들이 꽉 맞는 톱니바퀴들처럼 맞물리면서 시장을 장악하고 있는 것처럼 보이지만 그들이 놓치는 구석이 분명히 있을 것이라 확신했다.

　김동철 과장과 새롭게 합류한 직원들은 늘 늦은 시간까지 만들어낼 제품에 대한 콘셉트를 잡기 위해서 개발회의를 열었다.

　나는 개발회의에 가끔씩 간식거리를 사 들고서 참석했다.

　"저희도 시장의 순리에 따라 무선 전화를 만들어야 한다고 생각합니다."

　김대희 대리가 자신이 조사한 사항을 바탕으로 말했다.

　"무선 전화를 내어놓기 위해서는 5월에는 힘들어. 시간이 좀 더 필요할 거야."

　김동철 과장 또한 무선 전화를 염두에 두고 있었다.

　문제는 기술력이 부족한 블루오션에서 소비자와 시장이 만족하는 무선 전화를 내어놓으려면 시간이 많이 필요했다.

　"기존 회사들과 경쟁하려면 무선 전화는 필수지."

　박종철 과장의 말이다.

　그는 김동철과 이전 회사의 입사 동기이자 나이도 같았다.

　나는 가만히 회의에서 나오는 이야기를 듣고만 있었다.

　아직까지 무선 전화로 갈지 유선 전화로 갈지 결정하지 못한 상태였다.

　"하지만 문제는 우린 신생 회사잖아. 동급의 모델을 내어놓는다 해도 회사 지명도가 없는 상태에서 기존 회사들의 마케팅과 영업력을 따라가지 못한다고."

김동철의 말이 맞았다.

똑같은 품질의 제품을 만들어도 소비자는 유명 메이커나 대기업의 제품을 선호했다.

"음, 틈새시장을 찾아야 한단 말인데."

나는 깍지 낀 양손에 턱을 올려놓으며 말했다.

아무리 생각해 보아도 대기업의 마케팅과 광고를 따라갈 수 없었다.

현재 블루오션과 같은 열악한 환경의 중소기업이 살아남을 수 있는 유일한 길은 틈새시장 공략뿐이었다.

대기업의 손길이 미처 닿지 못하는 곳과 큰 덩치 때문에 대기업들은 들어오지 못하는 작은 구멍이나 또는 대기업들이 소홀하기 쉬운 분야를 찾아 그 틈새를 비집고 들어가는 방법뿐이었다.

"김 과장이 볼 때 현재의 통신 시장은 어떤 것 같습니까!"

"현재의 통신 시장은 서서히 유선 전화에서 무선 전화로 넘어가는 추세입니다. 대기업과 메이저 회사들도 너도나도 무선 전화기 시장에 뛰어들고 있습니다."

작년 중반부터 국내에서는 무선 전화기 열풍이 불고 있었다.

그러자 대기업과 메이저 회사들도 무선 전화기로 몰리고

있었다.

나는 김동철 과장의 말을 들으며 그동안 틈새 전략의 시각으로 시장을 생각해 본 것들을 정리해 나갔다.

잠시 생각한 결과 하나의 결론에 도달했다.

"우린 일단 무선 전화기는 보류합시다."

나의 말에 회의에 참석한 인물들의 눈이 커졌다.

"그렇게 되면 저희가 너무 뒤처지게 됩니다."

박종철 과장의 말이다.

"우리 블루오션의 현실에서는 무선 전화기보다는 유선 전화기에 초점을 맞춰야 할 것 같습니다. 김대희 대리가 작성한 보고서를 보게 되면 대기업뿐만 아니라 대부분의 전화기 제조 메이커 모두가 첨단 무선 전화기 개발에만 매달리고 있지 않습니까?"

"예, 저희도 무선 전화기를 개발해야 다른 회사와 발을 맞출 수가 있습니다."

김대희 대리가 자신이 작성한 보고서 마지막에 결론 내린 말을 꺼냈다.

"여기 적힌 내용처럼 현재 대기업들이 자체적으로 유선 전화기 생산을 서서히 줄이고 있다는 것이 맞습니까?"

나는 김대희 대리를 바라보며 물었다.

"예, 직접 현장을 방문해서 확인한 결과입니다."

김대희 대리의 말처럼 첨단 무선 전화기 개발과 생산에 집중하기 위해서 대기업과 메이저 회사들이 이때까지 주력해 오던 유선 전화기 시장에서 발을 빼기 시작했다.

"그럼 더욱 확신이 드네요. 다를 무선 전화기 시장으로 몰려갈 때 우리는 역으로 유선 전화기를 해야 합니다. 그 이유는 다음과 같습니다. 첫째, 블루오션에서 무선 전화기를 만들어내어도 대기업이 만들어낸 제품과 비교해 승산이 없습니다. 독창성 없이 그들 뒤를 따라가는 형국이기 때문입니다. 둘째, 지금의 블루오션은 그들과 비교 불가할 정도로 경쟁력이 떨어집니다. 셋째……."

유선 전화기의 틈새를 공략할 수밖에 없는 이유를 차례대로 설명해 나갔다.

무선 전화기에 초점을 맞추어 움직이고 있는 대기업들도 제품의 구색을 맞추기 위해 계속해서 유선 전화기를 출시하고는 있었다.

그러나 영세한 중소기업에게 하도급을 주어 OEM 방식으로 납품 받고 있는 제품이기에 성능, 디자인, 가격 등 모든 면에서 형편없는 실정이었다.

따라서 제품만 고급스럽게 제대로 만들고 성능이 뛰어난 제품을 만들어낸다면 OEM 방식으로 생산되는 제품은 충분히 시장에서 제칠 수가 있다는 판단이 섰다.

내 설명이 모두 끝나자 회의에 참석한 사람들의 표정이 확연히 바뀌었다.

다들 고개를 끄떡이며 내 말에 동조하는 표정들이었다.

왜 유선 전화기를 만들어야 하는지 뚜렷한 해답인 것이다.

"하하! 저희가 몇 주 동안 머리를 싸매고 고민하던 것을 한 번에 풀어주셨네요."

말을 하는 박종철 과장의 표정이 밝았다.

"경험이 없으신 대표님이 어떻게 저희보다 시장을 보는 눈이 뛰어난지 모르겠습니다."

김대희 대리의 말이다. 자신이 생각해도 지금 내 판단이 옳은 결정인 것이다.

"하하하! 원래 바둑이나 장기를 둘 때에도 옆에서 보고 훈수를 두는 사람이 더 잘 볼 때가 있습니다. 모두가 제 말에 동조하는 걸로 생각하겠습니다. 저는 여기까지 하고 이제 앞에 계신 분들의 몫만 남았네요."

블루오션의 첫 작품을 결정지었다.

이제는 제품을 설계하고 제작하는 일만 남았다.

*　　　　*　　　　*

금요일 저녁 나는 부산으로 향하는 기차에 몸을 실었다.

신세계백화점과 롯데백화점에서 제시한 투자에 대한 결정을 내리기 위해서였다.

또한 동대문운동장과 평화시장 쪽의 신발가게에서 나오기 시작한 닉스 모방 제품들에 대한 대책도 세워야 했다.

서울도 문제였지만 부산과 대구에도 닉스 신발을 구매하기가 어렵게 되자 짝퉁 신발들이 팔리기 시작했다.

신제품 출시를 앞두고 있는 부산공장 사정 때문에 한광민 소장은 움직일 수가 없었다.

전화로 이야기를 나눈 한광민 소장은 롯데백화점 측의 투자가 더 합리적이라고 했다.

현재 부산신발연구소의 생산 능력은 포화상태였다.

더 이상 생산 설비를 들여놓을 공간도 없었다.

생산 설비를 확대하려면 공장 부지를 구매하거나 매물로 나온 신발공장을 인수하는 방법밖에는 없었다.

지금이 어쩌면 그 시기일 수도 있었다.

신발공장과 섬유공장이 몰려 있는 금사공단은 상황은 닉스와 같이 쾌청하지 않았다.

OEM으로 주문을 받아 생산하던 신발공장들이 주문량이 줄어들자 생산 인력을 줄이고 있었다.

노동 집약적인 신발 업체들은 인건비와 물류비가 상승하자 동남아 국가들과의 경쟁이 점점 더 힘들어졌다.

더구나 인도네시아와 말레시아 등 동남아 국가들은 나라의 지원을 받아가며 싼 인건비로 신발을 생산해 내었다.

그 덕분에 외국의 메이커 신발 회사들이 생산기지를 동남아로 옮겨가고 있었다.

그나마 규모가 있는 회사들은 서둘러서 생산 시설을 동남아로 이전하여 국제적인 흐름에 동참했다.

하지만 그러한 이전 비용을 감당할 수 없는 중견 업체나 영세한 신발공장들은 줄어든 일감으로 인해서 힘겹게 공장을 운영하고 있었다.

올해 들어서 벌써 중견 업체 일곱 곳을 비롯하여 스물다섯 군데의 공장이 문을 닫았다.

부산신발연구소와 바로 인접한 공장도 이번 달에 부도를 내고 문을 닫은 상태였다.

부산신발연구소와 비슷한 규모의 업체였다.

저녁 7시에 부산역에 도착했다.

부산역에 내리자마자 나는 곧장 부산신발연구소로 향했다.

택시의 유리창으로 비치는 금사공단은 대부분 불이 꺼지고 짙은 어둠이 잠식하고 있었다.

한때는 밤낮을 가리지 않고 공장이 돌아가던 곳이다.

택시가 도착한 부산신발공장은 훤하게 불이 켜져 있었다.

주변이 조용해서인지 시끄러운 기계의 소음이 더 크게 들렸다.

"그래도 여기는 회사가 잘 돌아가나 보네."

택시기사의 말이다.

택시기사는 오는 내내 먹고살기가 점점 더 힘들어졌다고 말했다.

"거스름돈은 됐습니다."

"아이고! 감사합니다. 정말 오랜만에 팁을 받아보네."

택시기사는 내 말에 흡족한 웃음을 보이며 감사를 표했다.

공장의 정문으로 걸어 들어가자 나를 발견한 경비아저씨는 고개를 깊숙이 숙이며 사무실에 전화를 넣었다.

그는 나를 서울사장님이라고 불렀다.

다른 공장들과 달리 밤낮을 가리지 않고 공장이 돌아가는 것이 모두 내 덕이라고 한광민 소장은 직원들에게 기회 있을 때마다 이야기했다.

또한 올해 닉스 본사와 같이 부산신발공장에 근무하는 직원들 모두 10% 월급이 올랐다.

다른 공장들은 감원의 칼날과 부도의 위기로 다들 불안해 떨고 있지만 부산신발연구소만은 달랐다.

"어서 오게나. 밥은 먹었나?"

작업복 차림의 한광민 소장이 나를 반갑게 맞이해 주었다.

"오다가 간단하게 우동 한 그릇 먹었습니다."

"우동 갖고 되나? 우리 같은 사람들은 밥심으로 일하는 거라고. 나도 저녁을 먹어야 되는데 저녁 먹으면서 이야기를 나누지."

"그럼 그러시죠."

"내 좋은 데로 안내할 테니까 오늘 한번 화끈하게 마셔보자고."

한광민 소장은 술을 좋아했다.

하지만 닉스를 설립하고 나서부터는 술을 먹을 시간이 없었다.

"내일 올려주실 신발은 문제 없어야 합니다."

"하하! 완전히 사람을 죽이려고 하는구먼. 걱정하지 말라고. 다 준비해 놨으니까."

한광민 소장은 싫지 않은 표정으로 말했다.

Chapter 10

　한광민 소장의 차를 타고 도착한 곳은 바닷가가 한눈에 보이는 횟집이었다.

　낡은 간판에 적혀 있는 문구는 동래포구였다.

　그리 크지 않은 횟집은 옛 분위기가 물씬 풍겼다.

　"여기 사장님이 회를 제대로 뜨시는 분이지. 내 20년 단골이라고."

　"분위기에서도 술맛이 나는데요."

　"그렇지. 사장님, 여기 맛있게 한상 차려주쇼!"

　한광민 소장의 말처럼 낡은 선술집 분위기가 물씬 풍기는 횟집이었다.

창밖으로 부서지는 파도를 보자니 절로 술이 마시고 싶었다.

앞머리가 시원하게 벗겨진 횟집 사장은 수족관에서 돌돔을 꺼내고 있다.

테이블로 간단하게 우선 먹을 수 있는 멍게와 해삼이 올라왔다.

"자! 먼저 한잔 받게나."

"아닙니다. 제가 따라 드려야지요."

"허허! 아니라니까. 내가 따라주고 싶어서 그래."

한광민 소장은 한사코 나에게 먼저 술을 따라주었다.

"감사합니다."

"감사는 내가 해야지. 내가 복이 많은 사람이야. 자네를 만나지 못했다면 우리 부산신발연구소도 다른 공장들과 같이 사람을 내보낼 수밖에는 없었을 거야."

한광민 소장은 내가 따라주는 술을 받으며 말했다.

"제가 아니더라도 한 소장님은 잘하셨을 텐데요."

"아니야. 내가 할 수 있는 한계를 잘 안다네. 자네를 만나 닉스를 설립한 것은 진짜 천운이었어. 자, 한잔하세나."

한광민 소장이 나를 만난 것처럼 나 또한 한광민 소장을 만났기 때문에 지금의 닉스를 설립할 수 있었다.

더구나 그는 어린 나에게 회사 대표 자리를 양보했다.

보통 사람 같으면 그러한 결정을 할 수 없었을 것이다.

또한 유능한 디자인 직원들을 고스란히 내주어 닉스의 발판을 마련하게 해주었다.

한 잔 두 잔 소주 한 병을 거의 비울 때 즈음 싱싱한 회가 푸짐하게 나왔다.

생선에 따라서 얇게 썰어서 나온 것도 있고 두껍게 썰어서 나온 것도 있었다.

한광민 소장의 말처럼 회는 정말 신선하고 맛있었다.

"어떻게 결정은 했나?"

한광민 소장은 신세계백화점과 롯데백화점이 제안한 투자금에 대한 결정을 물었다.

"글쎄요. 솔직히 결정을 내리기가 쉽지 않습니다."

"음, 쉽게 결정 내릴 문제는 아니지. 하지만 전화로도 말했지만 나는 롯데백화점에서 내건 조건이 더 끌린다네."

한광민 소장이 소주잔을 비우며 말했다.

30억을 투자하고도 독점을 요구하지 않은 롯데의 조건이 더 좋기는 했다.

하지만 먼저 계약을 맺은 신세계백화점 측은 내 요구 조건을 다 들어주었다.

더구나 정명석 부장과의 관계도 생각해야만 했다.

이대로라면 다음 달 인사이동 때 이사 승진은 따놓은 당상이었다.

한데 만약 내가 롯데백화점과 계약을 맺는다면 상황이 달라질 수도 있었다.

"조건상으로 보면 롯데 측의 조건은 나무랄 데가 없습니다. 하지만 지금 관계를 맺고 있는 정명석 부장과의 관계도 무시할 수가 없어서요."

"음, 다음 달에 승진이라고 그랬지?'

한광민 소장도 정명석 부장과 인사를 나누었다.

"예, 저희가 롯데와 계약하면 승진에도 영향을 받겠죠."

"음, 그래도 30억은 큰돈이라서. 이참에 공장을 확장해야지. 지금처럼 생산하는 것도 한계가 있으니까."

한광민 소장이 걱정하는 바를 모르는 것이 아니었다.

30억이면 매물로 나온 옆 공장을 인수할 수 있는 돈이었다.

그렇게 되면 지방 대도시에도 닉스 지점을 낼 수 있었다.

"공장 가격이 28억이라고 했나요?'

"35억을 부른 걸 내가 쇼부 쳤지. 20억을 먼저 주고 나머지 8억은 4개월 후에 주기로 했네. 대신 직원들을 다 고용하는 조건이지."

한광민 소장은 이미 매물로 나온 공장들을 알아보고 있었다.

"좋은 조건이네요. 당연히 직원들은 고용해야죠."

"자네가 그런 생각을 갖고 있다는 게 정말 마음에 드네."

한광민 소장은 자신과 함께 경쟁하며 커오던 공장들이 문을 닫는 것에 무척이나 마음 아파했다.

공장이 문을 닫으면 그곳에서 일하던 직원들도 고스란히 직장을 잃었다.

그들 대부분은 한집안의 가장이었다.

더구나 큰 공장이 문을 닫으면 하청 업체들도 고스란히 그 여파를 이어받았다.

그로 인해서 건실하던 하청 공장들도 납품 대금을 받지 못하여 함께 부실화되는 바람에 부도로 이어지는 사례가 많았다.

"사실 저희 아버님도 공장을 운영하셨거든요. 누구보다 열심히 일하셨는데도 크게 빛을 보지 못하고는 결국 문을 닫으셨지요. 그때 느꼈습니다. 열심히만 해서는 될 일이 아니구나 하는 것을."

나는 누구보다 공장이 문을 닫을 수밖에 없는 상황에서 오는 괴로움을 잘 알고 있었다.

아버지의 공장도 보증이 문제였지만 납품 대금을 제때 받지 못해서 큰 낭패를 당한 적이 여러 번 있었다.

결국 그 여파가 보증 문제와 연결되자 부도를 낼 수밖에 없었다.

대부분의 기업들이 현금을 지급하기보다는 어음을 발행했고, 그 어음조차 지급 기일을 지키지 않는 곳이 많았다.

"하긴 열심히 앞만 보고 달려왔는데도 빚만 지고 쓰러지는 곳이 한두 군데가 아니니 말이야. 정부와 대기업에서 하청 업체에 대한 지급 문제만 조금만 개선해 줘도 숨통이 트일 텐데 말이야."

사업을 하던 공장을 운영하던 간에 대부분의 문제는 돈이었다.

돈이 급한 대부분의 납품 업체들이 받은 어음을 지급 기일까지 기다리지 못하고 할인해서 사용했다.

어음 할인은 지급 기일이 있어 최종 소지인이 지급 기일까지 기다려야 한다.

자금이 필요할 경우 해당 어음을 채권자에게 맡기고 만기 때까지의 할인율을 적용한 할인료(이자)를 지불하고 어음 금액을 미리 대출 받는 것을 말한다.

"닉스는 변함없이 바로바로 현금 결제로 진행할 것입니다."

"하하! 그래야지. 닉스가 짧은 시간 동안 이렇게 자리를 잡을 수 있는 것도 현금 결제 때문이니까. 이제는 너도나도 우리 일을 하겠다고 난리야."

닉스의 납품 업체들에게 현금 결제를 해주자 어려운 작업도 군말없이 해주었다.

"다른 기업에서도 하지 못하는 것을 닉스가 하고 있으니까요. 공장을 확장하게 되면 제조기술팀을 구성하고 싶습니다. 앞으로 나올 첨단 제품들에 들어가는 부자재도 저희 쪽에서 직접 개발하여 생산하는 것도 나쁘지 않을 것 같습니다."

"쉽지 않은 일이 텐데, 그쪽은 경험도 전무하고."

신발 제조와 신발에 들어가는 부자재 개발은 달랐다.

"문을 닫은 공장 중에서 신발 부자재를 공급하던 회사는 없었습니까?"

"음, 있긴 있는데 너무 많은 일을 벌이는 것이 아닌지 몰라."

한광민 소장은 우려 섞인 말을 했다.

"대한민국이 신발 제조 기술은 최고 아닙니까? 앞으로 몇 년이 저희에게는 기회입니다. 이 기회를 놓친다면 지금도 그렇지만 앞으로는 더욱 값싼 노동력을 지닌 동남아 국가들과 중국이 신발 제조 분야를 대부분 차지할 것입니다. 우리는 그렇기 전에 고부가 가치의 신발과 첨단 소재로 무장해야 합니다."

사실이었다.

덩치가 큰 국내 신발 업체들은 발 빠르게 동남아로 제조 설비를 이전시켰다.

아이러니하게도 그 덕분에 동남아의 신발 제조 기술력이 급속도록 발전했다.

노동 집약적인 신발 산업은 결국 고부가 가치의 신발을 만들지 못하면 인건비와 물류비용 싸움이었다.

"허허! 젊음에서 나오는 열정인가, 아니면 시대를 보는 안목이 뛰어난 건가? 자네가 20년을 넘게 이 바닥에서 생활해 온 나보다 낫네그려. 자네 말을 듣고 보니 내가 너무 현재에 안주하려고 하는 것 같네. 부자재 공장은 다시 한 번 알아보겠네. 닉스의 운영을 맡겼으니 운영자의 뜻에 따라야지. 자, 닉스의 앞날을 위해 건배하세나."

"하하! 한 소장님도 닉스의 공동 경영자이십니다."

"아니야. 이번에 확실히 알았네. 내가 나섰다면 지금처럼 닉스가 큰 인기를 얻을 수 없었을 거야. 나는 어쩔 수 없는 구세대야, 자네가 내어놓은 광고 기법과 마케팅이 아니었다면 지금의 닉스가 없겠지. 나는 이전처럼 최고의 신발만 내어놓겠네."

한광민 소장이 경영에 욕심을 부렸다면 지금의 닉스가 없었다는 말은 맞았다.

그는 신발 분야의 경험이 일천한 나를 믿고 모든 것을 맡겼다.

또한 한광민 소장이 없었다면 지금의 닉스가 있을 수 없었다.

그의 말처럼 내가 없었다면 그 또한 몇 년 후에 큰 어려움에 봉착했을 것이다.

나와 한광민 소장은 잘 돌아가는 톱니바퀴였다.

그때였다.

밖에서 요란한 소리와 함께 문이 열리면서 한 무리의 사람이 들어왔다.

대부분이 검은 양복을 입고 있었다.

그중 몇 명이 입은 양복은 한눈에 보아도 최고급이었다.

그들은 횟집에 유일하게 있는 방으로 향했다.

횟집 사장은 그들을 보자마자 얼굴 표정이 굳어졌다.

날카로운 인상의 그들은 한눈에 보아도 폭력조직에 관련된 인물들 같았다.

그들 중 두 명이 일본어를 사용했다.

"주인장이 알아서 가져와."

한 인물이 주문하고는 방문을 닫아버렸다.

방 입구에는 경비를 서듯이 한 인물이 막아서고 있다.

횟집 밖에도 두 사람이 보초를 서는 듯 서성거리고 있었다.

"별일일세. 이곳은 저런 애들이 잘 오지 않는 곳인데."

한광민 소장이 소주잔을 비우며 말했다.

"다들 양복을 입고 있는 것을 보니 동네 건달은 아닌 것 같습니다."

"그러게. 오랜만에 술맛이 확 당겼는데 저리 쳐다보니 먹기가 거북하네."

방 앞에 서서 노려보는 인물 때문에라도 계속해서 술을 마시기가 불편했다.

횟집에는 우리와 연인끼리 온 손님뿐이었다.

그들도 불편한지 자리에서 일어나 계산대로 향하고 있었다.

"오늘은 날이 아닌 것 같습니다. 그만 일어나실까요?"

"그래야 될 것 같네. 마지막 잔은 비우고 가지."

한광민 소장의 말에 술잔을 들 때였다.

횟집 문이 활짝 열리며 가죽재킷에 야구모자를 푹 눌러쓴 인물이 빠르게 들어왔다.

그리고는 방이 있는 쪽으로 향했다.

방 앞에 서 있던 사내가 멈추라는 손짓을 하는 순간이었다.

"이봐! 다른 곳으로 가… 큭!"

그는 곧바로 목을 잡은 채 쓰러졌다.

야구모자의 손에서 무언가 날아가 사내에 목에 박히는 것을 나는 보았다.

털썩!

사내가 바닥에 쓰러지는 동시에 야구모자는 방 안으로 들이닥쳤다.

방 안에는 모두 다섯 사람이 있었다.

"뭐냐?"

크윽!

고함 소리와 함께 고통을 뱉어내는 소리가 들려왔다.

우당탕탕!

"죽여!"

퍽!

쿵!

한바탕 요란한 소리와 함께 고함 소리가 밖으로 새어 나왔다.

좁은 방 안에서 벌어진 격투는 그리 오래 걸리지 않았다.

채 1분도 지나지 않아서 야구모자가 검은색 007가방 하나를 들고 방에서 나왔다.

야구모자는 우리 쪽을 한번 쳐다보고는 밖으로 향했다.

그 순간 두 명의 사내가 회칼을 휘두르며 야구모자에게 달려들었다.

아마도 밖에 대기하고 있던 또 다른 인물들인 것 같았다.

횟집 정문 앞에서 경비를 서던 사내들은 이미 바닥에 쓰러져 있었다.

허공을 가르며 회칼이 야구모자의 심장을 겨냥했다.

빠르고 날카로운 공격이었다.

하나 놀랍게도 야구모자는 팽이 돌듯이 몸을 회전하며 가볍게 공격을 피했다.

그리고는 뒤에 있던 인물의 인중을 팔꿈치로 가격했다.

뒤에 있던 사내는 너무나 빠른 동작에 그대로 공격을 허용하고 말았다.

"큭!"

사내는 두 손으로 얼굴을 감싸며 뒤로 넘어갔다.

그 순간 야구모자가 벗겨지며 모자에 가려진 얼굴이 드러났다.

놀랍게도 야구모자는 남자가 아니라 여자였다.

긴 머리를 묶어 올려 모자 안에 감춘 상태였다.

모자를 주워 들 새도 없이 첫 공격을 실패한 사내가 바로 회칼을 휘둘렀다.

그녀는 몸을 쳇바퀴 돌듯이 뒤로 회전하며 그대로 사내의 턱을 발로 가격했다.

퍽— 억!

큰 충격을 받을 만한 공격이었다.

사내는 비틀대며 뒤로 물러났다. 그 순간을 여자는 놓치지 않았다.

그녀는 다시 몸을 회전시키며 들고 있는 007가방으로 사내의 면상을 가격했다.

우당탕!

사내는 그대로 옆에 있는 테이블을 부여잡으며 쓰러졌다.

한데 야구모자가 보여준 그 모든 동작이 낯설지가 않았다.

정대웅을 죽게 만든 차태석의 움직임과 같았다.

그녀는 모든 상황을 놀란 눈으로 보고 있는 나와 한광민 소장이 있는 곳으로 다가왔다.

"당신들은 여기서 아무것도 보지 못한 것입니다."

여자는 20대 초반으로 보였다.

날카로운 눈매만 빼고는 미인 소리를 들을 만한 미모였다.

놀란 토끼눈이 된 한광민 소장은 그녀의 말에 고개를 끄떡였다.

하지만 나는 흔들림 없이 그녀의 눈을 마주 보고 있었다.

"당신은 보통 인물이 아니군."

나에게서 무슨 냄새라도 나는 것처럼 그녀는 코를 실룩거리며 말했다.

나는 그녀의 말에 아무런 대답도 하지 않았다.

그러자 그녀는 바닥에 떨어진 야구모자를 집어 들고는 밖으로 향했다.

그때였다.

그녀는 다시 뒤를 돌아보며 손에 들고 있던 무언가를 나에게 던졌다.

사아악!

공기를 가르는 소리와 함께 무서운 속도로 내 얼굴로 향하는 순간, 고개를 옆으로 돌려 가까스로 피했다.

파악!

물체는 나무 창틀에 깊숙이 박혔다.

날아든 물체는 다름 아닌 십 원짜리 동전이었다.

십 원짜리 동전을 확인하는 사이, 여자는 사라지고 없었다.

"이게 다 무슨 일이래?"

횟집사장은 바닥에 쓰러진 사내들을 보며 말했다.

"괜찮은가?"

"예, 괜찮습니다."

"대단한 여잘세. 동전을 표창처럼 사용하다니."

한광민 소장은 나무 창틀에 박힌 동전을 살피며 말했다.

창틀에 반쯤 박힌 동전은 표면이 날카롭지도 않았다.

흔히 볼 수 있는 10원짜리 동전이었다.

'이 여자도 무림에 관련된 인물일까?'

바람처럼 사라진 여자는 일반적인 무술을 연마한 인물이 아니었다.

어느 누가 동전을 살인 무기로 쓸 수 있단 말인가?

더구나 횟집의 방 안과 바닥에 쓰러진 인물들 모두가 덩치만 믿고 까부는 조직폭력배들이 아니었다.

모두들 단단하고 날렵한 몸의 소유자들이었다.

여자와 싸움을 벌인 사내들은 내가 보더라도 싸움에 이골이 난 인물들이었다.

그런 사내들을 거침없이 쓰러뜨렸다는 것은 고도의 훈련을 받은 여자임이 분명했다.

횟집사장이 경찰에 신고하는 사이 한광민 소장과 나는 횟집을 나섰다.

문을 열고 나가는 사이 바닥에 쓰러진 사내들이 정신을 차리고 있었다.

그들은 일어나자마자 횟집 안으로 빠르게 들어갔다.

오늘 밤에 벌어진 일은 영화의 한 장면이나 다름없는 모습이었다.

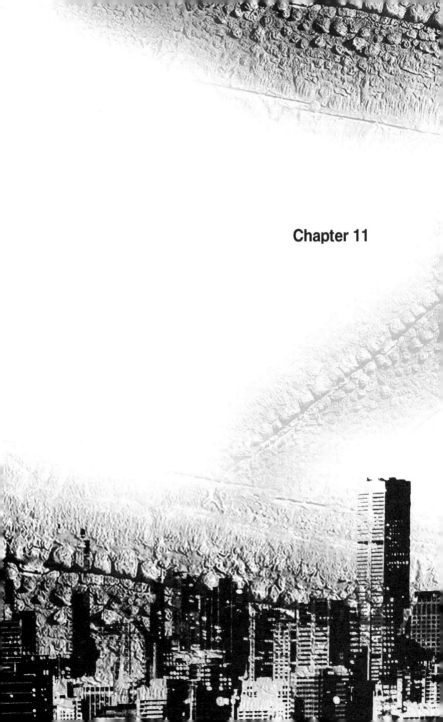

Chapter 11

한광민 소장이 잡아준 호텔로 들어섰다.

일정상 내일 올라갈 예정이었다. 술을 더 마시기에는 오늘 일이 마음에 걸렸다.

중요한 이야기는 내일 나누기로 했다.

샤워를 마치고 밤바다를 바라보고 있을 때였다.

방문을 두드리는 소리가 들려왔다.

"술이 그렇게 생각나셨나."

이 밤에 찾아올 사람은 한광민 소장밖에는 없었다.

"그냥 들어가신다고 하지 않았습니까?"

당연히 한광민 소장으로 여겨 문을 열었다.

순간 문을 열자마자 날카로운 주먹이 내 얼굴로 짓쳐 들어왔다

무의식적으로 고개를 숙이는 순간 무릎이 내 이마를 가격했다.

무방비 상태에서 연속으로 공격이 들어오자 막아낼 수가 없었다.

쿵!

나는 그대로 엉덩방아를 찧었다. 그러나 바로 뒤구르기를 하며 자세를 잡았다.

이마를 강하게 가격당해서인지 골이 띵하고 어지러웠다.

"역시 보통 놈이 아니었어. 흑천에 속한 놈이냐?"

들려오는 목소리는 여자였다.

혹시나 하는 마음에 정면을 쳐다보자 야구모자를 눌러쓴 여자가 서 있었다.

여자가 무슨 말을 하는지 알아들을 수가 없었다.

"도대체 나한테 왜 이러는 것이오? 내가 뭘 잘못하기라도 했소?"

"시치미를 떼기는. 내 공격을 너는 두 번이나 피했다. 그게 모든 것을 말해주지."

야구모자는 말을 마치자마자 또다시 공격해 왔다.

몇 걸음 빠르게 달려오더니 그대로 몸을 날려 앞차기를 했다.

얼굴로 향하는 발을 하단 막기로 막는 순간 다른 발이 올라왔다.

왼손으로 들어 턱을 향하는 발을 막았다. 하지만 공격은 거기에서 그치지 않았다.

발 공격을 막아선 반발력을 이용하여 야구모자는 공중에서 회전하며 뒤돌려 차기를 했다.

예측을 완전히 벗어나는 공격이었다. 나는 그대로 가슴팍을 가격당했다.

"흑!"

그 힘에 밀려 나는 침대 위로 벌러덩 넘어갔다.

침대에 쓰러지는 순간 가격당한 가슴 위로 지독한 통증이 느껴졌다.

야구모자는 좁은 공간에서의 움직임이 마치 다람쉬처럼 민첩하고 재빨랐다.

"잠시만! 나는 당신이 뭘 말하는지 모르겠소!"

가슴의 통증이 극심했지만 침대 위에서 옆으로 몸을 굴리며 다음 공격에 대비했다.

"너의 움직임이 모든 것을 말해주고 있다. 두 번이나 정확한 공격을 당하고도 움직임이 살아 있다니."

야구모자는 놀란 말투였다.

"살기 위해 움직였을 뿐이요. 내가 뭘 잘못했는지 말해주시오. 조폭처럼 무고한 사람 잡지 말고."

가슴을 부여잡으며 힘들게 말했다.

"정말 네 정체를 실토하지 않을 생각이냐?"

야구모자는 계속해서 자신의 주장만 되풀이해서 말했다.

"무슨 정체를 말하라는 것인지 모르겠지만 나는 강태수라고 합니다. 그렇지. 전화기 옆의 지갑에 신분증 있으니까 확인해 보세요."

나는 손을 들어 지갑을 가리켰다.

야구모자는 나를 노려보며 지갑을 들어 올렸다. 지갑 안에는 서울대 학생증과 주민등록증이 들어 있었다.

"후후! 서울대생이라……. 이건 뭐지?"

야구모자가 꺼내 든 것은 명성전자와 닉스의 명함이었다.

"내 명함이요."

나는 통증이 지속되고 있는 가슴을 부여잡으며 대답했다.

야구모자의 발차기는 일반 발차기 수준이 아니었다.

"이제 스물이 되었는데 두 회사의 대표라……. 이건 상식적으로 이해하기 힘든데."

"믿고 안 믿고는 당신의 자유지만 당신이 말하는 그런 사람이 아니라는 것은 확인했으니 어서 나가주시오."

"후후! 내가 잠시 착각했군. 하나 네가 보여준 동작은 충분히 오해를 살 만했다."

야구모자에서 뿜어져 나오던 살기가 잦아드는 것 같았다.

"아니, 죽이려고 던진 동전을 피하지 말란 소리요? 여기는 어떻게 알고 찾아온 것이오?"

야구모자의 말에 정말 화가 났다.

단단한 나무 창틀을 파고들 정도로 강력한 동전을 그대로 맞았다면 크게 부상을 입었을 것이고 급소에 맞았으면 죽을 수도 있었다.

"나는 네가 나를 미행한 줄 알았는데?"

"무슨 소리요?"

"내 방이 바로 옆방이거든."

야구모자는 손가락으로 오른쪽을 가리켰다.

우연하게도 야구모자와 같은 호텔을 이용하게 된 것이다.

"사람들을 그렇게 많이 다치게 하고도 모자라 나까지 이렇게 만든 것이오?"

"그놈들은 당해도 되는 놈들이지. 하여간 너에게는 미안하게 되었다. 한데 무술은 어디서 배웠나?"

야구모자는 간단한 말로 사과했다.

"그걸 당신에게 말할 필요는 없을 것 같은데요. 그리고 그리 간단하게 말로 사과하면 끝나는 것입니까?"

"그럼 치료비라도 주어야 하나?"

야구모자는 쓰고 있던 모자를 벗으면서 말했다. 그러자 모자 안에 감춰두었던 긴 생머리가 찰랑거리며 아래로 내려왔다.

머리에 물기가 보이는 것으로 보아 아마도 샤워를 한 후 머리를 말리지도 못하고 급하게 내 방으로 들이닥친 것 같았다.

"사과를 하려면 진정으로 하란 말입니다."

"그러지. 해당화가 큰 무례를 범했습니다."

자신을 해당화라고 말한 여자는 정중하게 고개를 숙여 나에게 인사를 건넸다.

"엎드려 절 받기네요."

"호호! 이 정도로는 안 되겠단 말인가?"

"됐습니다. 앞으로는 야구모자를 쓰고 있는 여자가 있는 식당은 피해야겠습니다."

"깔깔깔! 횟집에서 식사하려던 참이었나?"

내 말이 뭐가 재미있는지 해당화는 목젖이 보이도록 큰 소리로 웃었다.

"먹음직한 회를 두 점밖에 먹지 못했으니까요."

싱싱한 회를 제대로 먹지 못한 것은 정말 아쉬웠다.

"잘됐군. 배가 출출해서 저녁을 먹으러 나가려고 했는데. 진심으로 사과하는 의미로 내가 근사한 저녁을 사지."

생각지도 못하게 야구모자는 저녁 식사를 제안했다.

"괜찮습니다. 밥 먹을 기분도 아닙니다. 사과는 받은 걸로 하겠으니 이제 그만 나가주시죠."

"남자가 그런 걸로 꿍하긴. 두 개의 회사를 맡고 있는 회사 대표가 그러면 쓰나?"

해당화는 남자의 자존심을 건드리는 말을 했다.

'정말 뭐하는 여자기에…… 이 여자의 정체도 궁금하고… 나를 보고 흑천에 속해 있다고 말했는데 흑천이 뭐지? 어쩌면 차태석에 관한 것을 알 수 있을지도…….'

해당화의 말에 이런저런 생각이 머릿속에 떠올랐다.

"좋습니다. 남자답게 사과를 받는 의미로 받아들이지요."

"그럼 5분 후에 로비에서 보자고."

해당화는 방을 나서며 말했다.

늦은 밤이라서인지 호텔 로비는 들어올 때보다 사람이 적었다.

"5분이 지나는데 왜 안 오는 거냐?"

시계는 정확하게 약속된 시간에서 1분을 지나고 있었다.

그때였다.

바라보고 있던 엘리베이터 문이 열리며 해당화가 모습을 드러냈다.

한데 내 방에 들어온 모습과는 완전히 다른 모습이었다.

그녀의 복장은 야구모자와 운동복이 아니었다.

회색 코트에 검정색 스커트, 다양한 무늬가 들어간 검정색 스타킹을 신고 나타났다.

키가 크다고 여겼는데 하이힐까지 신고 나오자 늘씬한 다리가 고스란히 드러나 보였다.

걸음걸이 또한 꼭 모델들이 패션쇼에서 보여주는 워킹 같았다.

로비에 있던 사람들의 시선이 자연스럽게 해당화에게 향했다.

"많이 늦지는 않았지?"

가까이 보니 화장까지 한 얼굴은 정말 매력적으로 변해 있었다.

"예, 완전히 다른 사람 같네요."

"여자의 변신은 무죄라는 말도 있잖아. 자, 어서 가자고."

해당화는 너무나 자연스럽게 내 팔짱을 끼며 말했다.

방금 전까지 죽이려는 듯이 무섭게 공격하던 여자가 맞는가 하는 생각이 들었다.

해당화가 안내한 곳은 호텔 근처에 있는 고급 일식집이었다.

둘이 먹기에도 벅찰 정도로 푸짐하게 회를 시켰다.

"실컷 먹으라고."

"일식집에 있는 물고기를 죄다 잡은 거예요? 너무 많은데요."

테이블에 한가득 차려진 생선회 종류만 여섯 가지였다. 거기다가 함께 나오는 스끼다시(밑반찬)도 상당했다.

"확실하게 사과를 해야지."

"정말 확실하게 병 주고 약 주시네요."

"깔깔깔! 태수라고 했지? 재미있어."

해당화는 특유의 웃음소리를 내며 크게 웃었다.

"제 말이 웃기세요?"

"어. 진심으로 이야기하는 말투와 표정 때문일까? 재미있네."

해당화는 하얀 이를 드러내며 웃었다.

나를 비롯하여 조직폭력배들을 무서울 정도로 몰아붙인 여자라고는 전혀 보이지 않았다.

"반말을 하는 걸 보니 제 나이보다는 많은가 보죠?"

해당화는 내 지갑에 들어 있는 주민등록증과 학생증을 모두 확인한 후이다.

"호호! 그게 마음에 걸렸나? 존댓말 해줄까?"

"아니요. 나이가 어떻게 되시는지 궁금해서요."

"여자의 나이를 묻는 것은 실례라고. 태수보다는 세상을 오랫동안 살아온 누나는 확실하지. 깔깔깔!"

해당화는 연신 웃음을 토해냈다.

'후후! 그래, 기껏해야 나보다 두세 살 많아 보이는데. 아니지. 원래대로 하면 띠동갑이 뭐냐, 완전히 조카뻘인데. 늙은 게 자랑도 아니니 그만 하자.'

"미처 말을 못했지만, 이름이 예쁘시네요."

"이름만 예쁜가? 얼굴과 몸매도 이 정도면 끝내주지 않아?"

해당화는 나에게 윙크를 하며 말했다.

'뭐냐, 정말. 종잡을 수 없는 여잘세.'

"아, 네. 모델 같네요."

"어, 어떻게 알았어? 내가 말도 안 했는데."

해당화는 동그랗게 눈을 뜨며 말했다.

뭐랄까, 해당화는 싸움을 할 때와 평소의 모습과는 상당한 괴리감이 느껴졌다.

"정말 모델이세요?"

"이래 봬도 여성 잡지에도 나오고 TV 광고도 찍는다고."

해당화의 말에 곰곰이 생각해 보았지만 어디서 본 적은 없는 것 같았다.

메인으로 나오는 모델은 아니라는 생각이 들었다.

"아! 어쩐지."

"어서 먹으라고. 술도 필요하지?"

해당화는 종업원에게 고급 사케를 주문했다.

나온 회를 먹는 동안은 대화를 나누지 않았다. 해당화는 술을 마시지 않았다.

그녀는 내 술잔이 비어 있을 때마다 알아서 따라주었다.

"한데 그들이 누구인데 그렇게 만드신 거죠?"

나는 조심스럽게 물었다.

"나쁜 놈들."

해당화의 대답은 짧았다.

"그냥 나쁜 놈들이에요?"

"어, 아주 나쁜 놈들이지."

"그럼 흑천은 뭐죠?"

그 순간 해당화의 눈빛이 바뀌었다.

"알아서 득이 될 것이 전혀 없는 이름이지. 그냥 잊어버려."

해당화의 말투는 이전과 달리 감정이 전혀 들어 있지 않는 것처럼 삭막했다.

"이미 들었는데요. 그리고 제가 암살자에게 위협을 당하고 있거든요."

내가 먼저 풀어놔야 원하는 대답을 들을 것 같았다.

"그게 무슨 말이지?"

해당화는 호기심이 동하는지 질문을 던졌다.

"지금껏 다른 사람에게는 한 번도 꺼내지 않는 말입니다. 처음 본 분에게 이런 말을 해도 되는지는 모르겠지만……."

나는 해당화에게 신세계파의 정대웅이 명성전자를 먹으려고 벌였던 일과 정대웅을 죽음으로 몰아간 차태석의 일을 이야기했다.

안개 속에 가려진 신세계파 암살단의 존재를 해당화가 혹시나 알고 있지 않을까 하는 생각에서였다.

"음, 네가 한 말이 진실이라면 그들도 흑천의 세력일 수 있겠구나."

또다시 해당화의 입에서 흑천이라는 말이 나왔다.

"도대체 흑천(黑天)이 무슨 뜻인가요?"

나의 질문에 해당화는 선뜻 대답하지 않았다. 잠시 무언가를 생각하는 듯이 눈을 감았다.

그리고는 얼마 뒤 힘겹게 입을 열었다.

"내가 하는 이야기는 어느 누구에게도 하면 안 된다. 그렇게 되면 너뿐만 아니라 너에게서 이야기를 들은 사람 또한 위험에 빠지게 된다. 내 말을 꼭 명심해야 한다."

해당화의 말에 나도 모르게 긴장한 듯 침을 삼켰다. 그녀의 말에 나는 고개를 끄떡였다.

"후우! 지금도 이 이야기를 너에게 해야 되는지 몹시 망설여진다. 이미 너의 이야기를 들었으니 너 또한 알게 모르게 흑천의 세력에 연관되어진 것 같아서 말을 하는 것이다. 우리나라에도 고대의 중국처럼 수많은 무술 문파들이 존재했다. 다시 말해 무림이 존재했다."

해당화의 이야기는 내가 알고 있는 역사책에 기록되어 있는 이야기가 아니었다.

"삼국시대에는 각 나라에 속한 문파들이 전쟁에 큰 변수 역할을 했다. 중국의 침략을 막아내는 선봉대 역할을 담당하기도 했지만 어떨 때는 권력에 빌붙어 본래 추구하고자 하는 무공 연마와 밝은 세상을 만들려는 큰 뜻에서 벗어나기도 했다. 고려를 거쳐……."

중국의 구대문파와 오대세가가 중원무림을 차지하기 위해 사투를 벌인 것처럼 삼국에 속한 문파들은 한반도는 물론이요 만주 대륙을 누비며 치열한 싸움을 벌여왔다고 한다.

그런 와중에 시간이 흘러가면서 수많은 문파는 서로에게 흡수되고 도태되어 사라져 갔다.

이러한 과정을 거쳐서 백야와 흑천의 세력으로 양분되어 갔다.

조선 왕조를 거쳐 일제강점기에 들어서자 천년의 세월 동안 대립해 오던 백야와 흑천은 서로에게 겨눈 칼을 거둬들였다.

이들은 힘을 합하여 일본에 대항했다.

하나, 뛰어난 무술 실력을 지닌 이들도 칼과 창이 아닌 현대식 무기로 무장한 수십만의 일본 군대를 당해낼 수는 없었다.

나라를 잃어버리자 근거지를 위협 받은 백야와 흑천에 속한 인물들 또한 독립운동에 투신했다.

그런 와중에 흑천에 속한 인물들은 마르크스 사상을 받아들여 공산주의와 손을 잡았다.

광복 후에도 김일성을 도와 북한 정권이 들어서는 데 지대한 공헌을 했다.

백야에 속한 인물들은 독립운동 중에 치른 수많은 전투와 작전 중에 사라져 갔다.

흑천에 속한 인물들보다 인원이 적은 백야의 인물들은 광복 이후에는 소수만 남게 되었다.

혹천의 세력은 북쪽에 자리를 잡는 형국이었고, 백야는 남쪽에 자리를 잡았다.

혹천에 속한 인물들은 이념의 차이로 함께했던 독립군에서 갈라져 나와 독자적인 길을 걷다가 김일성과 함께했다.

김일성은 혹천의 힘을 빌려 수많은 정적을 암살하며 손쉽게 북한 정권을 잡을 수 있었다.

하나 혹천이 북한 정권을 설립하는 데 지대한 공헌을 했지만 혹천의 무서운 힘을 알고 있는 김일성의 배신으로 혹천에 속한 수많은 사람이 숙청당하거나 음모에 희생당했다.

간신히 북한군을 피한 인물들은 개마고원과 산악 지역으로 몸을 피신했다.

그들은 북한군의 끈질긴 추격과 함께 추위와 굶주림에 지쳐 하나둘 쓰러져 갔다.

전멸에 위기에 처해 있던 혹천은 북한의 침공으로 발생한 한국전쟁을 통해서 절호의 기회를 잡았다.

북한 산악 지역으로 피신하여 살아남은 혹천의 인물들이 생존을 위해 대거 남하하게 된 것이다.

이들은 다시 한국 정부와 군부에 힘을 발휘하고 있던 친일 세력과 손을 잡았다.

한국전쟁이 끝난 후 숨을 고르듯이 혹천은 수면 아래로 잠수해 들어갔다.

흑천은 자신들의 힘을 키우기 위해 지하 세력을 흡수하거나 친일 기업가들과 손을 잡는 방법을 통해서 세력을 키웠다.

흑천은 어느 정도 힘을 회복하자 백야의 인물들을 찾아 나섰다.

완벽하게 남한 지역을 자치하기 위한 무림의 전쟁이 또다시 시작된 순간이었다. 그리고 그 전쟁은 지금까지 이어지고 있었다.

긴 이야기를 끝마치고 해당화는 오늘 벌어진 이야기를 했다.

"흑천의 하수인 노릇을 하는 백경파에서 오늘 내가 탈취한 가방에는 일본 야쿠자의 비밀자금 중 일부가 들어 있었다. 그들은 그 돈으로 국내에서 불법 사채업을 시작하려고 음모를 꾸미고 있었지."

해당화가 빼앗아 온 가방에는 무기명 채권으로 100억이 들어 있었다.

무기명 채권은 채무자와 만기 때 받을 금액(원금+이자)만 적혀 있고 채권자가 표시돼 있지 않은 채권을 말한다.

한마디로 자금 출처를 묻지 않으며 거래 시에는 실명 확인을 하지 않았다.

더구나 상속세와 증여세를 면제해 주는 등 파격적인 조건을 지닌 채권이었다.

현재 유통되는 무기명 채권은 원래의 목적을 벗어난 채 비자금 은닉과 불법 정치 자금, 그리고 탈세 용도로 사용되고 있었다.

이로 인해서 사채 시장에서는 30% 안팎의 프리미엄까지 붙어서 거래되고 있는 것으로 알려졌다.

"허! 그런 일이 있었다니. 정말이지, 믿기 힘든 이야기네요."

해당화의 이야기는 그 어디에서도 들어보지 못한 것이었다.

"일반인에게는 정말 허무맹랑한 말로 들릴 만한 이야기일 거야. 더구나 백야와 흑천에 속한 인물들 대부분은 산속에서 도를 닦거나 무공을 익히지 않는다. 그들 모두 직업을 가지고 일반 사람들과 동일하게 생활하고 있어서 구별해 낼 수도 없지. 더구나 남쪽으로 내려온 흑천은 자신들의 힘을 기르기 위해서 태백산맥 자락 어딘가에 그들의 비밀 본가를 세웠다."

"그러면 해당화 누님은 백야의 인물인가요?"

나는 무척이나 궁금했다.

"아니. 나는 흑천에 속했던 인물이다."

"네? 그게 무슨 말이죠?"

나는 놀라 물었다.

분명 해당화가 말하고 있는 흑천은 불의의 세력으로 변해 있었다.

"백야의 인물들은 이젠 찾아볼 수 없을 정도로 거의 사라졌다고 봐야겠지. 내가 마지막으로 만난 백야의 인물은 삼 년 전 소백산에서 보았으니까."

누구를 생각하는 것처럼 말하던 해당화의 눈가가 촉촉해지는 것이 보였다.

그녀는 소백산에서 만난 인물과 사연이 있었던 것 같았다.

"후후! 너에게 하지 말아야 할 이야기까지 다 한다. 너무 놀란 눈으로 보지 마라. 이제는 완전히 흑천의 탈을 벗었으니까."

해당화는 대수롭지 않게 이야기했지만 모든 게 놀라울 뿐이었다.

"네, 저는 아직도 뭐가 뭔지 모르겠네요."

"모르는 게 약일지도 모르지. 그래, 네가 나를 좀 도와주면 좋겠다."

"뭘 말이죠?"

"내가 가져온 채권을 네가 좀 보관해 주면 좋겠다. 당분간은 국내에 머물 수가 없을 것이다. 대신 보관료와 수고비로 절반은 네가 사용해도 된다."

"얼마나 되는데요?"

나는 궁금했다.

"백억."

"백억이요?"

나는 놀라 되물었다.

백억은 엄청난 돈이다.

"그래, 백억이다. 아마도 지금쯤 돈을 뺏긴 인물들이 이를 악물고 나를 찾고 있을 것이다. 빼앗은 채권을 가지고 외국으로 나갈 수도 없으니까. 네가 보관하고 있어주면 고맙겠다."

"금액이 너무 크잖아요. 더구나 그들이 나를 찾아오면 어떡해요?"

내가 우려하는 것은 당연한 일이다.

더 이상 폭력조직에 관련되어 엮이고 싶지 않았다. 너무나 위험한 일이었다.

"너에 대해선 아무도 모른다. 흑천의 인물들이 나를 찾겠지만 내일이면 나 또한 국내에 없을 테니까. 지금 말하는 거지만 나도 아무 계획 없이 채권을 탈취한 거야. 흑천이 벌이고 있는 일을 방해하고 싶었을 뿐이지."

해당화의 말처럼 흑천의 휘하에 있는 조직들은 일본의 지하자금을 끌어다가 불법 사채업과 주가를 조작하는 수법으로 돈을 불리고 있었다.

흑천은 대한민국을 장악하기 위해서는 많은 돈을 필요로 했다.

북한 정권에게 배신당한 흑천은 이 나라에서 완벽한 자신들만의 세상을 만들기 위해서 동분서주하고 있었다.

"후우! 차라리 제가 묻지 말 걸 그랬네요."

정말 난감했다.

"이런 것을 인연이라고 하는 거야. 확실히 파악하지 못했지만 흑천은 이 나라에서 무서운 일을 꾸미고 있어."

"그건 또 무슨 말이죠?"

"아직은 너에게 이 이야기까지 말할 수는 없다. 지금은 나를 도와주는 게 너에게도 좋을 수가 있어."

"후우! 잘 모르겠네요. 머릿속이 너무 혼란스럽네요."

자꾸만 한숨이 나왔다.

정말이지, 머릿속이 뒤죽박죽이었다.

오해로 벌어진 일이지만 나를 죽이려고 한 여자에게서 세상에 알려진 역사 이면의 흑막의 역사를 알게 된 것이다.

그것이 지금은 진정 거짓인지 진실인지는 모르는 상황이다.

"나도 처음 이 모든 알게 되었을 때 너와 같은 반응을 보였으니까. 하여간 이 나라를 떠나기 전에 빼앗은 채권을 없애 버리든지 아니면 땅에 묻든지 둘 중 하나를 하려 했다. 다행히 오늘 널 만나게 된 걸 보니 하늘의 뜻인 것 같다."

해당화는 하늘까지 들먹이며 채권을 기어이 나에게 넘길 태세였다.

"만약에 돈을 잃어버린 인물들이 저를 찾아오면요?"

"음, 그럴 리는 없겠지만 다급한 상황이 발생하면 여기로 전화해서 도움을 요청해라. 단 한 번만 도와줄 수 있으니까 목숨이 위급한 상황이 아니라면 전화를 하지 않는 것이 좋을 거야."

해당화가 건네준 번호는 삐삐 번호였다.

지방 전화번호였다면 전화를 해도 도움을 받을 수 없는 시간이었다.

하지만 이것도 전화가 없으면 무용지물이다. 정말 이럴 때에는 핸드폰이 절실하게 필요했다.

"그럼 한 가지만 알려주세요. 백야에 속한 인물을 만나려면 어떻게 해야 하죠?"

차태석이 흑천에 속한 인물이라면 현재 내가 도움을 받을 수 있는 사람은 백야에 속한 인물뿐이다.

송 관장이 없는 상황에서 도움을 줄 사람이 필요했다.

눈앞에 있는 해당화는 내일이면 한국을 떠날 사람이다.

"그건 나도 모른다."

"전혀 만날 수 없는 것입니까? 제가 오늘 해당화 누나와 겨루면서 느낀 것은 나를 노리고 있는 인물에 비해서 제 실력이 턱없이 부족하다는 것입니다."

"너를 노리는 인물이 어느 정도의 실력자인지는 모르지만 흑천에는 수많은 고수가 즐비하다. 네 실력으로는 버티기 힘들겠지."

해당화는 당연하다는 듯이 말했다.

"겁만 주시지 말고 방법을 좀 알려주세요."

"그러면 오일장이 서는 시골 장터나 지방 축제가 열리는 지역을 찾아다녀야 한다."

"네? 그게 무슨 말입니까?"

해당화의 말이 잘 이해가 되지 않았다.

"백야에 속한 인물들은 흑천과 달리 무리를 만들어 생활하지 않았다. 그들은 일대일로 도제(徒弟)와 같은 방법으로 제자를 받아들여 자신이 지닌 무공을 물려주었지. 세상에 속하기를 싫어하던 백야의 인물들은 한곳에 머물지 않고 떠도는 생활을 즐겼다고 한다. 만약 지금도 그러하다면 그들 중 적지 않은 수가 떠도는 장사치가 되어 오일장이나 지역 축제를 따라서 생활하고 있을 것이다. 내가 만난 백야의 인물도 산속에 머물면서 산에서 캔 나물을 장터에 내다팔며 생활했으니까.

그때 그에게서 들은 이야기다."

흑천은 자신들의 세상을 만들려고 검은 하늘이라는 집단을 만들었다.

하지만 백야에 속한 인물들은 오히려 백야처럼 대낮처럼 밝은 날이 계속되기를 염원했다.

이들은 오히려 자신을 속박하는 곳을 벗어나 더 높은 경지를 찾아 떠돌았다.

그 때문인지 흑천에 비해서 소수이긴 했지만 더욱 강한 무공을 만들어내었고 사용할 수 있게 되었다.

그러했기에 천 년의 시간 동안 흑천과의 길고 긴 싸움에서 동수를 이룰 수 있었다.

하지만 현대의 세상으로 넘어오자 상황이 많이 달라져 버렸다.

일제강제기와 한국전쟁을 거치면서 두 세력은 어려움을 겪었지만 흑천은 세력을 다시 회복했다. 하지만 백야는 그러하지 못했다.

큰 변란을 겪고 나자 흑천과 달리 제자를 두지 못하고 떠난 백야의 인물이 너무나 많았다.

그리하여 백야의 가공할 무공들이 많이 실전되고 말았다.

흑천은 백야의 인물들이 모두 사라질 때까지 절대로 본모습을 드러내지 않을 것이라 공표했다.

매번 그들이 세상을 얻기 위해서 모습을 드러낼 때마다 백야의 인물들로 인해 좌절했기 때문이다.

역사상에 기록된 수많은 왕조의 반정과 반란의 이면에는 흑천과 백야의 싸움이 필연적으로 따랐다.

"한데 백야의 인물을 어떻게 알아봅니까?"

"손바닥에 연꽃 문신을 한 인물을 찾으면 된다."

"손바닥은 문신을 잘하지 않는 곳이 아닙니까? 그리고 금방 지워질 텐데."

손바닥에 문신을 하면 피부와 물의 접촉이 많아 문신이 쉽게 지워졌다.

"그건 나도 모르지만 일반적인 문신하고는 달랐다. 연꽃 색깔에 따라 백야 인물들의 신분이 달라진다고 했다. 하여간 내가 알고 있는 백야에 관한 상황은 네게 다 말해주었다. 네가 진심으로 백야의 인물을 만나고 싶다면 어쩌면 그들이 널 찾을 수도 있겠지."

해당화의 말처럼 될 수만 있다면 금상첨화(錦上添花)였다. 하지만 그건 정말 확률이 낮은 일이었다.

더구나 모든 것을 포기하고 백야의 인물을 찾아 나설 수도 없었다.

해당화는 더 이상의 이야기를 해주지 않았다.

어쩌면 그녀의 말처럼 나에게 모든 것을 말해준 것일 수도 있었다.

식사를 모두 마친 나와 해당화는 숙소로 돌아왔다.

그리고 그녀는 백경파에게서 탈취한 007가방을 주고는 호텔을 바로 떠났다.

언제 다시 한국으로 돌아오겠다는 약속도 없었다. 그녀가 내게서 가져간 것은 닉스와 명성전자의 명함뿐이었다.

Chapter 12

　신세계백화점과 롯데백화점에서 제의한 투자는 신세계백
화점으로 결정되었다.

　롯데 측의 요구 조건을 알게 된 신세계가 롯데와 동일하게
30억으로 투자 금액을 올렸다.

　또한 독점 공급은 1년 동안만 한시적으로 제안하였다.

　그 이후에는 닉스가 원하는 어떠한 백화점과도 계약을 맺
어도 좋다는 조건이었다.

　조건상으로는 여전히 롯데 측이 좋았지만 신세계 정명석
부장과의 관계를 생각하여 결정한 상황이다.

30억의 투자금이 들어오던 날 한광민 소장은 자신이 이야기한 공장을 인수했다.

또한 한꺼번에 돈을 지불하는 조건으로 1억을 더 깎아 27억에 공장을 인수했다.

이야기된 대로 숙련된 직원들도 고스란히 고용했다.

이들 모두가 폭발적으로 성장하고 있는 닉스에 공장이 인수되는 것에 대해서 크게 반겼다.

신세계에서 투자한 돈은 4년 동안 나누어서 갚게 되어 있지만 2년 안에 모두 갚아버릴 생각이다.

해당화가 맡기고 떠난 무기명 채권 중에 내 몫이라고 말한 50억은 신발 부자재 공장의 인수와 퀄컴의 CDMA 특허를 사들일 생각이다.

부산에서 올라온 후 신세계와 체결한 투자 계약까지 하고 나자 일주일이 순식간에 지나갔다.

나는 매일 일과를 마치고 늦은 밤까지 훈련에 매진했다.

주말에는 가인이에게 부탁하여 실전 대련을 자청해서 벌였다.

그 결과 온몸이 망신창이가 되었다.

가인이의 공격은 무시무시했다.

해당화와 비교해도 전혀 뒤지지 않는 공격과 위력이었다.

그동안 가인이가 나를 얼마나 봐주고 있었는지 뼈저리게

느꼈다.

결국 가인이의 공격을 피하지 못하여 얼굴에 멍이 들고 말았다.

"쟤 좀 봐. 만날 싸움만 하고 다니나 봐."

백단비가 강의실에 들어서는 나를 바라보며 말했다.

그녀의 말에 한수연 또한 나를 쳐다보았다.

내 얼굴에는 반창고와 함께 시퍼런 멍이 오른쪽 뺨에 들어 있었다.

그녀는 이런 나를 향해 손을 흔들었다. 나는 쑥스러워 간단히 손을 들어 답례했다.

이 모습에 백단비가 한수연을 뻔히 쳐다보며 말했다.

"뭐냐? 쟤랑 벌써 인사 나눈 거야?"

"내가 이야기가 안 했구나? 밥 같이 먹었어."

한수현은 별일 아니라는 투로 말했다.

"계집애, 정말 얌전한 고양이가 부뚜막에 먼저 올라간다니까."

백단비는 명동에서의 일로 인해서 나에 대해 관심을 가졌다.

"네가 오지 않은 날 혼자 밥 먹기 그래서 그냥 밥만 먹은 거야."

한수연은 아무것도 아니라는 식으로 말했다.

"그냥 밥만 먹은 거지?"

백단비는 확인하듯 다시 물었다.

"그래. 한데 너, 태수한테 관심 있는 거 아니야?"

"얘가 날 뭐로 보고⋯⋯."

백단비는 한수현의 말에 말끝을 흐렸다.

그때 강의를 듣기 위해 이정수와 정희철이 들어왔다.

"무슨 재미있는 이야기라도 하고 있었어?"

"별것 아니야. 쟤랑 수연이가 밥을 같이 먹었단다."

속마음을 들킬까 봐 백단비는 재빨리 관심사를 한수연에게 돌렸다.

"누구?"

"강태수."

"허! 그 깡패하고?"

정희철은 덩치에 맞지 않게 놀란 표정을 지으며 뒤로 넘어가는 제스처를 취했다.

"깡패가 뭐냐? 과 동기한테."

한수연은 정희철의 말에 반발하며 말했다.

"저 얼굴 봐라. 또 어디 가서 싸우고 왔나보네. 희철이가 한 말이 맞다. 하고 다니는 모습을 보니 깡패가 맞네. 수연아, 정말 청운회 동기로서 말하는데, 사람 가려서 만나라. 중호 형이 알면 좋아하지 않을걸."

이정수의 말에 한수연이 불쾌한 표정을 지었지만 대꾸하지는 않았다.

"그래, 강남 3대 퀸 중에 한 분이 저런 애하고는 어울리지 않지."

정희철은 이정수의 말을 맞받아쳤다.

한수연은 강남구와 서초구에 위치한 여자고등학교들을 다니던 여학생 중에서 퀸이라고 불린 세 명 중 하나였다.

내 옆에 친숙한 인물이 앉았다.

"왔냐?"

군대도 갔다 오지 않은 이동수는 늘 군 간부들이 입는 국방색 겨울 잠바를 입고 왔다.

"얼굴이 왜 그러냐?"

이동수가 나를 보자마자 물었다.

"대련을 했는데, 너무 실전처럼 하다가 아예 골로 갈 뻔했다."

"하하! 무슨 운동을 하기에 그러냐. 잘난 얼굴 다 망치겠다."

"동수야, 정말 고맙다."

"뭐가?"

"우리 엄마 빼고 유일하게 네가 내 얼굴을 잘났다고 말한 사람이다."

"그랬냐? 그럼 오늘 시간도 되는데 술이나 한잔 사라."

"OK! 내가 한턱 쏜다."

"한데, 쟤네들이 널 보고 뭐라 하는 것 같다?"

이동수는 한수연 주변에 앉아 있는 이정수와 정희철을 가리키며 말했다.

"쟤들한테는 별 관심도 없다. 우리와 다른 세상에 사는 애들이잖아. 물론 그렇지 않은 애도 있지만."

어느 정도 시간이 지나자 서로들 어울리는 부류가 생겨났다.

하지만 한수연과 함께 다니는 인물들은 다른 동기들과 그리 어울리지 않았다.

"하긴, 다들 승용차를 몰고 다니는 것 같더라. 나는 버스비도 아까운 판국인데."

이동수는 가방에서 책을 꺼내며 말했다.

"오늘은 아르바이트 쉬는 날이냐?"

"가게 수리한다고 하루 쉬란다. 물론 아르바이트비도 날아갔지."

"차라리 과외를 하는 것이 낫지 않냐? 서울대생이면 잘 팔리잖아."

"글쎄, 그것도 생각해 봤는데 적성에 맞지 않아서. 그냥 몸을 움직이게 더 좋더라."

"하여간에 너도 쉬운 길 놔두고 돌아가는 유형인 것 같다."

"하하! 그래서 우리가 친구 했나 보다."

이동수는 밝게 웃으며 말했다.

동수의 말처럼 우리는 비슷한 점이 많았다.

* * *

강의가 끝나고 나와 동수는 약속한 대로 술집을 찾았다.

아직 초저녁도 되지 않은 시간이었지만 크게 괘의치 않았다.

"야, 뭐 이렇게 좋은 곳에 오냐? 그냥 주점에서 막걸리나 마시자니까."

"내가 살게. 걱정하지 마라."

동수와 들어온 곳은 고급 레스토랑이었다.

"그래도 그렇지. 한눈에 봐도 더럽게 비싸 보인다."

이동수는 이리저리 레스토랑의 내부를 살피며 말했다.

"비싸봤자 얼마나 비싸겠냐? 나 어제 월급 탔다. 그러니까 먹고 싶은 것 마음대로 먹자. 뭐, 와인도 한 병 시켜."

아직까지 와인은 대중화된 술이 아니었다.

"와인이 뭐냐?"

이동수는 정말 모르겠다는 표정으로 물었다.

"와인도 몰라? 무식하긴. 포도주, 인마."

와인은 잘 익은 포도의 당분을 발효시켜 만든 알코올음료를 말한다.

어원은 라틴어 Vinum(비눔:포도를 발효시킨 것)에서 왔으며, 영어로는 와인(Wine), 프랑스어로는 Vin(뱅), 이탈리아어로는 Vino(비노), 독일어로 Wein(바인)이라고 한다.

"아아! 들어봤다. 한데 겁나 비싼 술 아니냐?"

"아, 정말 수준이 아주 바닥이구만. 비싼 것도 있지만 싼 와인도 있어."

"안 되겠다. 더 이상 말했다가는 완전 무식이 뽀록나겠다."

이동수는 손을 저으며 말했다.

그때 종업원이 메뉴판을 들고서 우리가 앉아 있는 테이블로 왔다.

종업원은 우리 두 사람에게 메뉴판을 건넸다.

이동수가 메뉴판을 열자마자 정색을 하며 일어나려고 했다.

"야, 왜 그래?"

"너무 비싸잖아. 그냥 먹은 걸로 할게. 나가서 파전에 동동주나 먹자."

"앉아. 내가 낼게."

"야, 송충이는 솔잎을 먹으라고 했다. 아무리 네가 낸다고는 하지만 이건 아니다. 내가 부담돼서 안 되겠어."

이동수는 자신의 가방을 챙겨서 일어났다.

"알았다. 그럼 삼겹살에 소주는 어떠냐?"

"아, 짜식! 최고지!"

이동수는 내 말에 엄지손가락을 세우며 말했다.

우리를 바라보던 종업원은 그럴 줄 알았다는 듯이 바라보았다.

나는 그런대로 괜찮았지만 이동수의 옷은 정말 시장 순댓국집에 단골로 드나드는 시장 사람의 옷차림이었다.

레스토랑을 나서려는 순간이다.

한 무리의 학생이 레스토랑 안으로 들어오고 있었다.

그들은 모두 경영학과 동기들과 학과 선배들이었다.

"어! 태수잖아?"

나를 가장 먼저 알아본 인물은 한수연이었다.

그들 모두가 청운회 멤버들이었다.

이동수와 나는 어색하지만 청운회 멤버들과 함께할 수밖에 없었다.

과 동기들은 상관없지만 학과 선배의 말은 무시할 수가 없었다.

"네가 태수라고?"

나에게 말을 붙인 선배는 청운회를 이끌고 있는 이중호였다.

그는 재계 순위 3위의 대산그룹 후계자이기도 했다.

대산그룹은 대한민국에서 가장 많은 현금을 소유한 기업이라 소문이 나 있었다.

"예, 선배님."

"널 한번 만나보려고 했는데 잘 만났다."

이중호는 나에게 관심이 있었다.

그도 그럴 것이, 나는 학력고사 만점에 서울대 전체 수석을 차지한 인물이었다.

더구나 잘 알지도 못하는 공업계 학교 출신이다. 그 모든 것이 호기심을 자극하기에 충분했다.

"후후! 요새도 개천에서 용이 나나 보네."

이중호의 옆에서 나를 보며 말하는 인물은 법대에 재학 중인 김상진이라는 인물이었다.

그의 집안 또한 우리나라 3대 법무법인 중 하나인 한결을 운영하고 있었다.

그의 집안은 일제강점기 때 할아버지와 작은할아버지가 동시에 판사와 검사를 지냈다.

그들 모두가 독립투사들에게 없는 죄까지 만들어내어 감옥에 보낸 인물들이었다.

"때에 따라서는 그럴 수도 있지."

이중호는 김상진의 말을 가볍게 받았다.

김상진의 말처럼 이제는 점점 개천에서 용이 나긴 힘든 세상이었다.

좋은 고등학교에 들어가 돈을 들인 만큼 성적이 나오는 세상이었다.

하지만 이들의 말이 듣기가 거북했다.

더구나 인사를 건넨 이동수에게는 한마디도 하지 않았다.

"저희는 그럼 먼저 일어나겠습니다."

이곳에 있는 것이 불편했다.

"바쁘냐?"

"아닙니다. 모임이 있으신 것 같아서요."

"그러면 밥이나 먹고 가라."

이중호의 말에 다른 인물들의 표정이 좋지 않게 바뀌었다.

하지만 그의 말에 토를 다는 사람은 없었다.

"괜찮습니다. 저희도 약속이 있어서요."

"그래, 그런 다음에 한번 자리 함께하자."

이중호의 말에 우리는 인사를 건네고 레스토랑을 나섰다.

"참 거시기하다."

이동수가 밖으로 나오자마자 꺼낸 말이다.

나는 그의 말을 충분히 이해할 수 있었다.

지금 만나고 나온 동기들과 서울대 선배들은 나와 동수를 완전히 별종으로 취급하는 눈빛이었다.

"그만 잊어버려라. 우리끼리 한잔하면 되지."

"그래, 괜히 자격지심 가질 필요는 없지."

이동의 말이 맞았다.

쓸데없이 주눅이 들 필요는 없었다.

우리는 레스토랑을 나오기 전에 말한 것처럼 삼겹살 파는 음식점으로 향했다.

Chapter 13

블루오션의 개발팀은 내가 이야기한 제품 콘셉트를 잡아 가지고 왔다.

제품의 기본 개념은 최고급의 유선 전화기였다.

디자인부터 성능에 이르기까지 일대 혁신을 일으킨다는 것이 기본적인 제품의 콘셉트였다.

나는 개발팀에게 최고의 제품을 만들어줄 것을 당부했다.

내가 쓸 수 있는 제품이자 사고 나서 후회가 되지 않는 제품을 만들자고 했다.

나 또한 개발하는 과정에 참여하여 평소 가지고 있던 생각을 하나하나 제품에 심어나갔다.

사실 김동철을 비롯한 블루오션의 개발팀의 엔지니어들은 적게는 5년에서 많게는 8년 가까이 이쪽 계통에서만 구른 통신기기의 베테랑들이었다.

유선 전화기 하나쯤은 마음만 먹으면 얼렁뚱땅 며칠 만에도 만들어낼 수 있었다.

그러나 나를 비롯한 블루오션의 개발팀은 대한민국에서 가장 멋지고 완벽한 유선 전화기를 만든다는 정성으로 심혈을 기울였다.

그로부터 보름 뒤 우선적으로 대략적인 설계도가 완성되었다.

전화기의 디자인은 지금까지 나온 제품의 상식을 뒤집었다.

사각뿔 모양의 피라미드 형태의 전화기였다. 그야말로 디자인에서 사고의 대전환이었다.

그도 그럴 것이, 처음 시작하는 회사지만 전문 디자이너를 고용하여 개발팀에 합류시켰다.

"디자인이 멋지게 나왔네요."

내가 생각했던 것 이상이었다.

"박은영 대리가 신경을 많이 썼습니다. 이 제품에는 원가가 좀 더 들어가더라도 외장을 신소재로 마감할 것입니다. 도면에 나와 있는 것처럼 과감한 색상을 적용시킬 예정입니다."

박은영 대리는 닉스의 정수진 실장의 소개로 입사한 경력 사원으로 실력이 뛰어났다.

시장에 유통되는 유선 전화기들은 색상이 다양하지 않았다.

"그것도 좋은 방법이네요. 전화기에 들어갈 기능은 어떤 방식으로 할 예정입니까?"

"예, 우선적으로 송화 차단 기능, 단축 다이얼 기능, 퀵 다이얼 기능 등 생각할 수 있는 모든 기능을 탑재하여 고급 제품의 이미지를 한껏 풍기게 할 생각입니다."

김동철은 자신 있게 말했다.

"음, 지금 나오고 있는 유선 전화기들이 오히려 기능을 줄이고 있으니 역으로 가는 것도 나쁘지 않겠네요."

현재 대기업과 메이저 회사들이 매달리고 있는 무선 전화기에는 많은 기능을 제공하려고 했다.

그러나 유선 전화기는 하청을 주면서 원가를 줄이려고 기능을 줄이는 추세였다.

"아직 이름을 정하지 않았는데, 좋은 이름이 있으면 말씀해 주시면 좋겠습니다."

"그래요. 그보다는 직원들이 동참해서 직접 지어 보게 하시죠. 제가 가장 걸맞은 이름을 작명한 직원에게 보너스를 지급하겠습니다."

"하하! 좋은 방법인 것 같습니다. 저도 보너스를 받기 위해서라도 좋은 이름을 지어야겠습니다."

"하하하! 그렇게 하십시오. 심사는 공정하게 할 테니까요."

이대로 제품 개발에 성공한다면 시장 공략에는 분명 성공할 것이라는 자신감이 들었다.

*   *   *

해당화를 만나고 나서부터 나는 주말마다 전국에서 열리는 오일장을 찾아다니기 시작했다.

아직까지 흑천에 연관성이 있는 차태석은 찾아오지 않았지만 어느 날 갑자기 그와 마주칠 수도 있었다.

우선은 경기권에서 열리고 있는 오일장을 다녔다.

이미 성남의 모란장과 용인의 용인장 비롯하여 안성의 일죽장과 연천군의 연천장을 다녀왔지만 아무런 소득이 없었다.

오늘은 좀 더 멀리 가보려는 생각이다.

날짜에 맞춰 장이 들어서기 때문에 아무 곳이나 갈 수 없었다.

충청북도에 위치한 옥천군의 청산장과 괴산군의 여풍장이 오늘 장이 열리는 날이었다.

동시에 두 군데를 들르기에는 시간이 애매했다.

"우선 괴산으로 가볼까?"

나는 수첩에 적힌 오일장을 확인하며 말했다.

오늘은 혼자가 아니었다.

가인이가 나를 따라나섰다.

예인이는 친한 친구의 생일이라 함께할 수가 없었다.

"언제부터 오일장 다니는 게 취미였어?"

"취미라기보다는 잊혀가는 옛 향취를 느끼려 가는 거지."

솔직하게 백야의 인물을 찾으러 간다고 말할 수는 없었다.

"사람이 점점 독특해져 가는 것 같아?"

가인이와는 화장실 사건 이후 한동안 서먹서먹했다.

하지만 실전 대련을 자청한 이후 실컷 터지고 구르는 사이 가인이와의 관계가 다시금 원래대로 돌아왔다.

"뭐가?"

"가학적인 것을 좋아하게 되질 않나, 흠흠, 내 입으로 이야기하긴 그렇지만 나체를 함부로 드러내기도 하고."

실전 대련 때 나는 가인이에게 맞을 때마다 인상을 찡그리기보다는 고통을 잊기 위해 웃으려고 애썼다.

그렇게 하는 것이 가인이의 매서운 공격에 대한 공포를 조금이나마 줄일 수 있다는 생각에서였다.

정말이지, 매에는 장사가 없었다.

그 모습을 보고 가인이가 한 말이다.

더구나 화장실 사건은 머릿속에서 잊힐 만하면 그때마다 되새김질해 주었다.

"야, 그게 무슨 나체를 드러낸 거야? 사람이 살다가 실수도 하는 거지. 그리고 맞는 걸 좋아하는 사람이 어디 있어? 그냥 아무렇지 않다는 제스처지. 공격을 가하는 사람이 당황할까 봐 하는 제스처."

"오! 그러서요? 내가 볼 때는 더 때려달라는 요구로 보이던데. 알았어. 조금 사정을 두고 공격했는데 앞으로는 힘을 더 줘야겠어."

가인이는 주먹을 쥐어 보이며 말했다.

"이 오빠가 장가나 한번 가보고서 하늘나라로 보내라. 거기서 더 힘을 주면 사람 죽는다. 살인이라고. 알아?"

"꼴에 장가는 가고 싶나보네. 오빠 같은 사람한테 시집올 사람이 있겠어?"

가인이는 나를 위아래로 살피며 퉁명스럽게 말했다.

"허! 애가 정말 날 띄엄띄엄 보네. 야, 네가 몰라서 그러는데, 내가 학교 정문에 들어서면 지나가는 여학생들이 나만 쳐다본다니까."

한마디로 뻥이었다. 하지만 가인이에게 밀릴 수는 없었다.

"정말 중증이다. 거짓말을 하려면 좀 제대로 하던지. 거울이나 제대로 보고 다녀."

가인이는 말하고는 대합실 의자에서 일어났다.

"나 참, 뭐가 거짓말이라고. 어디 가? 기차표 사려고 하는데."

"저기! 따라오고 싶어서? 원하면 내가 특별히 데려다 줄게."

가인이가 가리킨 곳은 여자 화장실이었다.

"아휴! 내가 말을 말아야지. 심심해하는 것 같아 데려왔더니. 그냥 혼자 가는 건데."

후회가 밀려왔다.

가인이와 말을 섞으면 항상 당하는 것은 나였다.

힌데 이상하게도 예인이보다는 가인이와 함께 다니는 때가 많았다.

* * *

기차의 창밖으로 보이는 들녘은 아지랑이가 피어오르고 있었다.

이제 서서히 봄이 찾아오는 기운이 느껴졌다.

"공부는 할 만해?"

가인이가 삶은 계란을 까주면서 말했다.

"크게 어려운 것은 없더라. 너도 공부 잘하고 있지?"

"왜, 못할까 봐?"

"전교 1등이 못하기야 하겠어. 알아서 잘하시겠지."

"그런데 왜 물어봐?"

"다 그런 거지. 점심때 아는 사람을 만나게 되면 '식사하셨습니까?' 하고 이례적으로 묻는 것처럼."

"관심도 없으면서 그냥 한 말이었네. 계란 이리 내놔."

가인이는 내 말을 듣고는 건네준 계란을 빼앗으려고 했다.

"이거 왜 이래? 한번 줬으면 그만이지."

나는 계란을 위로 쳐들며 가인이게 빼앗기지 않으려고 했다.

그 순간 기차가 속도를 줄이며 급정거를 했다.

그러자 계란을 빼앗으려 하던 가인이의 몸이 앞으로 쏠렸다.

나는 손을 뻗어 가인의 몸이 의자와 충돌하는 것을 막으려했다.

한데 손의 위치가 문제였다.

순간 물컹거리는 느낌이 전해지며 정확하게 가인이의 가슴을 잡고 말았다.

'어! 이게 아닌데?'

나와 가인이는 순간 당황하여 서로를 쳐다보았다.

문제는 너무 놀란 나머지 가슴 위에서 손을 떼는 것을 잊고 있었다.

"계~속 이러고 있을 거야?"

얼굴이 뻘게진 가인의 말에 나는 화들짝 놀라며 재빨리 손을 뗐다.

"어, 미안. 이러려고 한 게 아니라……."

그리고는 가인이의 주먹이 날아올 것을 대비해서 두 손으로 얼굴을 방어하는 자세를 취했다.

하지만 주먹은 날아오지 않았다.

대신 가인이는 자리에서 일어났다.

"화장실에 좀."

가인이의 목소리가 이전처럼 씩씩하지 못했다.

"그래, 갔다 와."

나 또한 목소리가 작았다.

가인이는 열차의 객차 문을 재빨리 열고 나갔다.

"아! 하필 손이 거기로 가냐?"

나는 오른손을 보며 원망 섞인 소리를 했다.

기차의 급정차는 철로 위로 나무가 부러져서 일어난 일이었다.

가인이는 생각보다 시간이 오래 걸렸다.

나도 소변을 보기 위해 화장실로 향했다.

한데 화장실에 간다는 가인이는 객차의 연결 통로에서 창밖을 바라보며 무언가를 생각하고 있었다.

'충격이 컸나?'

나는 그 모습에 슬그머니 제자리로 돌아올 수밖에 없었다.

가인이도 얼마 있지 않아 자리로 돌아왔다.

그리고는 말없이 눈을 감고 의자에 기대었다. 잠을 청하는 것 같았다.

그 이후로 나와 가인이는 괴산에 도착할 때까지 한마디도 하지 않았다.

Chapter 14

괴산의 영풍장은 생각보다 오일장이 컸다.

날이 따뜻해서인지 장을 보러 나온 사람도 많았다.

우리는 점심 식사를 하기 위해 국밥집으로 향했다. 장터에서 먹는 국밥이 제 맛이었다.

"아주머니, 국밥 두 개하고 수육도 좀 주세요."

"아이고! 색시가 참말로 곱네. 여자 친구여, 아니면 새색시?"

주인아주머니는 가인이를 보자마자 입을 열었다.

"아주머니, 저희 잘 어울려요?"

그때 가인이의 입에서 뜻밖의 말이 나왔다.

"그럼. 잘 어울리는데, 색시가 조금 아깝네."

아주머니의 말에 가인이는 만족한 미소를 지어 보였다.

나는 그런 가인이게 '무슨 소리야?' 하는 표정을 지어 보였다.

그런 나를 향해 가인이는 전혀 생각지도 못한 말을 했다.

"책임져야지."

"뭘?"

"여자 몸에 손을 대었으니까."

"그건 어쩔 수 없는 상황이었잖아?"

그때였다.

"예끼! 여자를 건드렸으면 책임을 져야지! 그건 당연한 거야!"

옆에서 국밥에 약주를 드시던 어르신의 목소리였다.

"그게 아니고요."

"어허! 사내놈이 멀쩡하게 생겨가지고. 자고로 여자를 울리는 놈치고 잘된 놈 못 봤어. 색시도 이만하면, 아니네, 미스 코리아도 울고 갈 정도로 예쁘구먼. 예끼, 이 소도둑놈아!"

"최씨아저씨 말이 맞구먼. 자고로 여자 울리는 놈들은 죄다 천벌을 받는다니까."

국밥 두 개를 내어주며 주인아주머니가 최씨라 불린 어르신의 말을 받았다.

졸지에 가인이를 범하고 책임을 회피하는 놈이 되었다.

주변에서 식사를 하던 분들도 두 사람의 이야기가 맞는다며 고개를 끄떡였다.

'아, 이거 정말 솔직히 말할 수도 없고.'

"모두 제 탓이죠. 못난 사람을 만났으니까요. 제가 어떻게든 사람구실을 할 수 있도록 노력해야죠."

한술 더 떠 가인이는 어른들의 이야기가 고맙다는 듯이 고개를 숙이며 말했다.

"아주 색시가 똑 부러지네."

"아이고, 예쁘기도 하지만 심성이 참 곱네그려."

"사내놈이 복이 터졌네그려."

여기저기서 가인이의 말을 듣고 나온 말이다.

한마디로 바보온달에 평강공주 상황이었다.

나는 국밥이 코로 들어가는지 입으로 들어가는지 모를 지경이었다.

"내가 예쁜 색시 때문에 수육을 듬뿍 담았어. 많이 먹고 힘내."

"고맙습니다."

인사를 하는 가인이에게 다정한 눈길을 보내는 주인아주머니였다.

하지만 내가 쳐다보자 못 볼 것을 봤다는 표정으로 뒤로 돌아섰다.

"가인아, 이건 아니지 않니? 네가 말을 그렇게 하니까 여기 계신 분들이 오해를 하시잖아. 하하!"

나는 분위기상 억지웃음을 지으며 말했다.

"사실대로 말한 것뿐이야. 수육 참 맛있겠다. 자, 먹어봐."

가인이는 젓가락으로 수육 한 점을 들어서 내 입에 넣어주려고 했다.

"야, 지금 내가 이 수육이 목구멍으로 넘어가겠냐?"

탁!

술잔이 강하게 내려치는 소리가 앞에서 들렸다.

"듣자 듣자 하니까 사내놈이 정말 못된 놈이네. 아가씨가 저렇게 노력하는데 말이여."

나를 쳐다보며 말하는 인물은 사십대 중반 정도의 사내였다.

얼굴이 햇볕에 검게 그을린 전형적인 산골아저씨였다.

"심마니 정씨가 저리 화내는 건 처음 보네그려."

국밥집 아주머니의 말로 인해서 나는 완전히 돌아올 수 없는 강을 건넜다.

지금 이 순간 천하의 나쁜 놈이 되어버린 것이다.

"아니에요. 참 좋은 오빠예요. 평소에는 안 그러는데 기분

안 좋은 일이 있어서요."

분위기가 더 악화되는 걸 막기 위해서 가인이가 나섰지만 그게 오히려 기름을 붓는 꼴이 되었다.

"참말로 색시가 맘이 비단결처럼 곱네. 우리 아들이 서울서 공무원을 하는데, 어째, 내 소개시켜 줄까? 저런 못된 놈 만나지 말고."

앞쪽에서 술을 먹고 있던 아저씨의 말이다.

"그려. 김씨네 아들이 서울시청인가 거기서 일하잖아."

함께 술을 마시던 사람들도 동조하듯 말했다.

더 이상 국밥을 먹고 있을 분위기가 아니었다.

나를 성토하는 성토장으로 변한 곳에서 국밥을 먹다가는 체할 것이 분명했다.

물론 하늘에서 내려온 천사 같은 아가씨가 된 가인이는 달랐지만.

"아주머니, 여기 얼마예요?"

식사를 하는 둥 마는 둥하며 자리에서 일어나며 말했다.

"그냥 가쇼. 그 돈으로 색시나 맛난 것 사주고. 힘들게 하지 말고."

주인집 아주머니는 한사코 식사 값을 받지 않았다. 수육도 가다가 먹으라고 가인이의 손에 들려주었다.

더 이상 말을 꺼냈다가는 본전도 찾지 못할 것이 분명했기에 아무 말도 하지 않고 국밥집을 나설 수밖에 없었다.

가인이는 국밥집에서 나오자마자 나를 보고 웃으며 말했
다.

"힘들게 하지 말고 맛난 것 많이 사주시라는데."

"아휴! 예에, 알겠습니다. 먹고 싶은 것이 있으시면 언제든
지 말씀하십시오."

웃는 얼굴에 침을 뱉지 못한다는 말처럼 환하게 웃는 가인
이의 얼굴을 보자 나도 모르게 입가에 웃음이 머금어졌다.

기차에서의 어색함이 풀린 것이 다행이었다.

"어디를 먼저 둘러볼까?"

가인이 내 팔짱을 끼며 말했다.

이전에는 볼 수 없는 행동이었다.

"일단 저쪽으로 가보자."

괴산의 영풍장은 전형적인 옛 모습의 오일장이었다.

송아지를 비롯하여 염소새끼와 강아지를 비롯하여 오리와
거위까지 눈에 띄었다.

또한 농촌에서 생산되는 각종 물품과 특산품도 한자리에
모여서 판매하고 있었다.

이곳저곳 구경하면서 유심히 장사를 하는 분들의 손을 살
폈다.

하지만 그 어디에도 백야의 인물처럼 보이는 사람은 없었다.

"오늘도 허탕인가?"

"뭘 찾는데 그래?"

가인이는 오일장이 재미있는지 즐거운 표정이었다.

"후우! 속 시원히 모든 것을 말해줄 수 없는 나도 답답하다."

"물건은 찾는 것은 아닌 것 같고, 사람을 찾는 거야?"

"그래, 만나고 싶은 사람이 있어서. 얼굴도 모르고 나이도 모르는데 손바닥에 연꽃 문신이 있는 사람이래."

"손바닥에도 문신을 새겨?"

"그런가 봐. 나도 잘 모르겠어. 이제 슬슬 서울로 올라가야 될 것 같다."

영풍장을 서너 바퀴 돌았지만 별 소득이 없었다.

"그래 그럼. 하여간에 재미있는 하루였어."

'나는 화병이 나서 죽을 뻔했다.'

"다행이네. 재미있었다니."

시장에서 구입한 특산물을 손에 들고서 시장의 반대편으로 나갈 때였다.

국밥집에서 본 심마니 정씨가 늦게 자리를 잡고 산에서 캐온 산나물과 약초를 팔고 있었다.

그 앞에는 산짐승의 가죽도 보였다.

장에 나온 아이들이 신기한 듯 산짐승의 가죽을 손으로 눌러보며 장난을 치고 있었다.

심마니 정씨는 그런 아이들의 행동을 그대로 내버려 두었다.

"아까 국밥집에서 내 편을 들어주셨던 분이네."

가인이는 심마니 정씨가 반가운 것 같았다. 물론 나는 아니었다.

"많이 팔지 못했나 보네."

약초나 나물이 많이 쌓여 있었다.

몇 번 장을 돌았을 때도 심마니 정씨를 보지 못했다.

너무 늦게 팔 물건을 펼친 것이다.

"잠깐만 보고 가자."

가인이는 내 손을 이끌고는 심마니 정씨에게로 갔다.

구경을 하고 있던 아이들은 우리가 다가오자 자리를 비켜 주었다.

"와! 이건 지네고 이건 두꺼비를 말린 것 같은데, 이건 뭐죠, 아저씨?"

가인이는 흥미로운 표정으로 물었다.

"두더지."

"네에? 두더지라고요?"

가인이는 놀란 표정으로 말린 두더지를 다시 한 번 보았다.

예로부터 두더지는 정력 강장제로 널리 알려져 있었다.

특히 양기 부족에 효험이 있다고 하여 보신용으로 많이 먹었다.

"남자에게 특히 좋아. 가져가서 푹 고아서 국물을 마시면 돼. 간질병에도 좋고 신경통에도 특효약이야. 내 색시에게는 특별히 싸게 줄게."

심마니 정씨는 나를 눈짓으로 가리키며 말했다.

"아니에요. 두더지는 좀⋯⋯."

가인이가 싫은 표정을 짓자 심마니 정씨는 말을 재빨리 바꿨다.

"그럼 이건 어때? 이게 남자 양기에는 최고지."

심마니 정씨는 뒤쪽에 있는 쌀 주머니처럼 생긴 곳에서 무언가를 꺼내 들었다.

다름 아닌 뱀이었다.

그것도 '까치살무사' 라고 불리는 칠점사였다.

예로부터 칠점사는 물리면 일곱 발자국밖에 가지 못하고 죽는다는 말이 있어 '칠점사' 라는 명칭이 붙었다는 말이 있을 정도로 칠점사는 강력한 신경독을 가지고 있다.

칠점사는 피를 맑게 하고 피의 흐름을 도우며 정력을 돋우는 역할도 했다.

일반 독사나 살모사보다도 그 효능이 월등한 것으로 알려져 있었다.

"엄마야!"

가인이는 칠점사를 보자마자 놀라며 내 품에 안겨왔다. 가인이의 천적이 뱀이라는 것을 오늘 처음 알았다.

귀신조차 무서워하지 않을 것 같던 가인이기에 뱀을 무서워할 거라는 생각을 전혀 못했다.

"껄껄! 뭘 그렇게 무서워해? 이렇게 내가 꽉 잡고 있는데."

칠점사의 대가리를 쥐고 있는 심마니 정씨는 가인이의 모습이 우스운지 크게 웃었다.

나 또한 당황해하는 가인이의 모습에 왠지 즐거웠다.

"저는 뱀을 제일 싫어해요. 빨리 치워주세요."

가인이도 이제 보니 천생 여자였다.

"한 마리 가져가서 달여 먹으면 이거만큼 남자에게 좋은 게 없는데. 뭐, 싫다니까."

심마니 정씨는 주섬주섬 칠점사를 주머니에 다시 넣었다.

보아하니 칠점사를 꺼낸 주머니에는 다른 뱀들도 들어 있는 것 같았다.

"심마니시면 산삼 같은 걸 파셔야지요."

내 말에 심마니 정씨의 눈이 커졌다.

"당연히 있지. 진작 말하지 그랬어. 내 이번에 끝내주는 몽사(꿈)를 꾸고는 월악산에서 캐낸 물건이 있는데 말이야."

나는 심마니 정씨의 말에 호기심이 동했다.

"진짜 산삼이요?"

"가짜 산삼도 있나? 살 임자가 아니라면 섣불리 보여주는 것이 아닌 물건이야. 적어도 130년은 족히 넘어서는 천종산삼(天種山蔘)이지."

천종산삼은 자연적으로 깊은 산에서 나는 산삼이다.

산삼의 종류에는 천종삼과 장뇌삼, 인종삼, 그리고 지종삼이 있었다.

장뇌삼은 밭에 나는 삼을 산에 옮겨 심은 것이다.

인종삼은 삼 씨를 받아서 산에다 심고, 주위의 모든 기후 조건이 맞으면 산삼이 된다.

다른 말로 산양삼이라고도 했다.

지종삼은 인종삼이 자연적으로 자라서 꽃이 피고 열매를 맺으면서 땅에 떨어져 자라는 것이다.

천종삼은 산삼 열매를 산짐승들이 먹고 배설한 곳에서 자라는 삼이다.

또한 옛 사람들은 산삼을 분류할 때 천, 지, 인의 명칭을 두어서 천종, 지종, 인종이라 칭하기도 했다.

천종은 축생의 소리(개 소리, 고양이 소리 등)가 들리지 아니하고 새소리 바람 소리만 들리는 곳에서 자란 산삼을 말했다.

지종은 개가 짖는 소리가 들리는 곳(밤에)까지의 영역에서 나온 삼을 말하며, 인삼 씨가 산에 올라가 야생화된 것을 의미했다.

인종은 사람의 냄새가 풍기는 곳에서 나온 삼을 말하며 보통 야생 2~3대의 삼을 칭한다.

"네? 130년이요? 에이, 설마요."

"어허! 내가 거짓말을 한단 말인가?"

"그게 아니라 진짜 그러면 가격이 어마어마할 거잖아요."

실제로 120년이 넘어서는 천종산삼은 4~5년에 한 번씩 발견되는 산삼이다.

그 가격도 모양과 상태에 따라서 1억을 훌쩍 넘어서는 것이 예사였다.

"가격이 문제가 아니라 100년이 넘어가는 천종삼은 인연이 되는 사람이 복용하는 거야. 그리고 그것보다 못한 천종삼도 있긴 하지."

심마니 정씨는 자신만의 철학이 있는 것 같았다.

나는 그의 말에 호기심이 동했다. 또한 집에 계신 아버지가 생각났다.

몸이 많이 좋아지셨지만 산삼을 복용하면 더욱 나아질 것 같았다.

시중에서 파는 산삼은 천종산삼인지 솔직히 잘 구별이 되질 않았다.

"그럼 한번 보여줘 보세요."

"지금 여기에는 없고 내가 기거하고 있는 곳에 있지. 보고 싶으면 날 따라오던지."

심마니 정씨의 눈은 맑았다. 허튼소리를 하는 산골 촌부는 아닌 것 같았다.

"팔 물건도 많으신데 그러면 장을 접으셔야 하잖아요."

"뭐 그게 대수여? 오늘은 날이 아닌 거지."

심마니 정씨는 별것 아니라는 표정이었다.

"그럼 사시는 곳이 여기서 얼마나 걸리는데요?"

"금방이지. 한 20~30분 걸어가면 될 것 같은데."

생각보다 멀지 않았다.

"보고 갈까?"

나는 가인이에게 물었다.

"뭐, 오빠가 원한다면."

가인이도 반대하지 않았다.

아직 대답도 하지 않는데 심마니 정씨는 팔려고 펼쳐놓은 물건들을 정리하고 있었다.

이제는 무조건 그를 따라 나서야 하는 상황이었다.

혹시 가격이 맞으면 천종삼을 구입해서 아버지에게 드리고 싶었다.

가격 흥정을 잘하기 위해서 그의 부탁으로 탁주 세 통을 샀다.

그는 걸어가는 동안 국밥집에서 건네준 수육이 들어 있는 비닐봉지에 계속 눈길을 주었다.

'혹시 이 수육이 목적이어서 그런 건 아니겠지?'

심마니 정씨를 따라 영풍장을 벗어나고 있을 때였다.

우리가 심마니 정씨와 이야기를 나두고 있는 것을 유심히 지켜보던 인물들이 있었다.

모두가 예사롭지 않은 기운을 뿜어내는 인물들이었다.

그들은 남자 둘에 여자 한 명으로 이루어져 있었다.

"확실한가?"

나이가 제일 많아 보이는 인물이 말했다. 30대 중반으로 보였다.

"예, 조장. 넉 달을 지켜봤습니다. 백야에 속한 인물 같습니다."

젊은 남자가 말을 건넸다.

그는 영풍장 내에 위치한 중국집에서 주방을 맡고 있는 인물이었다.

"증거는?"

"독이 통하지 않았습니다."

그는 중국집에 들른 심마니 정씨에게 독이 든 음식을 주었다.

"음, 만독불침을 이루었단 말인가?"

조장이라 불린 사내는 심각한 표정이었다.

"확실한 것은 모르겠습니다."

"80년 전 백야에 속한 인물 중 독의 정화를 깨달은 인물이 있었다. 만독불침을 이루었던 그는 독립운동 중 만주에서 실종되었다."

"그의 후손으로 보십니까?"

여자가 물었다. 그녀는 놀랍게도 성당에 머무는 수녀로 변장하고 있었다.

"그의 후손이든 아니든 간에 백야의 인물이라면 무조건 제거한다."

사내의 말에 두 사람의 표정이 심각해졌다.

그리고 세 사람은 심마니 정씨가 향한 길로 움직이기 시작했다.

*　　　*　　　*

30분이 아니었다.

영풍장을 출발해서 족히 40~50분은 걸은 것 같았다.

그런데도 심마니 정씨는 걸음을 멈추지 않았다.

"어디까지 가는 거야?"

나는 투덜거리듯 말했다.

"그러게. 말한 것보다 더 걸리는데."

가인이도 뭔가 이상하다는 표정이었다.

"아저씨, 어디까지 가야 돼요?"

나는 참지 못하고 말했다.

"다 왔어. 조금만 더 가면 돼."

심마니 정씨는 우리를 돌아보며 말했다.

"그러니까, 얼마나 더 가면 되냐고요?"

"어허! 젊은 사람들이 그렇게 참을성이 없어서야. 저 고개만 넘으면 돼."

심마니 정씨가 가리킨 곳은 바라보니 이건 완전히 산 하나를 넘는 거리였다.

"아저씨, 저기를 넘으면 아무리 적게 잡아도 삼사십 분은 더 가야 되잖아요. 지금까지 걸어온 시간도 거의 한 시간이 다 되어가는데."

그의 말이 정말 어처구니가 없었다.

30분 정도밖에 걸리지 않는다는 말에 따라나섰다.

만약 지금처럼 시간이 걸렸다면 생각을 바꿔 서울로 올라갔을 것이다.

"자네들 때문에 늦는 거야. 내 걸음으로 가면 장터에서부터 30분이면 족히 가."

"네에? 말도 안 돼. 어떻게 저길 30분 만에 가요?"

영풍장에서부터 쉬지 않고 뛰어온다 해도 가능하지 않는 거리였다.

"요새 젊은이들은 이렇게 사람 말을 믿지 못해서 어떻게 살아가나."

"아니, 말도 안 되는 이야기를 하시니까 그렇죠."

이제는 화가 났다.

"그럼 내가 먼저 갈 테니까 따라올 수 있겠어?"

심마니 정씨는 나를 보며 말했다.

그는 등과 양손에는 짐이 한 가득이었다.

일반 사람이 이런 짐을 들고서 한 시간 남짓 걸었으면 몇 번을 쉬었을 상황이지만 심마니 정씨는 그러지 않았다.

그는 힘만은 대단했다.

"하하! 뭘 어떻게 하시려고요?"

어이가 없어 그냥 웃음이 나왔다.

"그럼 먼저 간다."

그때였다.

심마니 정씨의 발걸음이 달라졌다.

그가 한 걸음 내디딜 때마다 일반 사람이 대여섯 걸음을 걸어야 하는 거리를 움직이고 있었다.

통통 튀듯이 걷는 걸음걸이는 마치 얼음판 위에서 미끄러지듯이 앞으로 달려나가는 움직임이었다.

"뭐냐? 저 아저씨, 축지법이라도 쓰는 거야?"

영화에서나 보던 움직임이었다.

순식간에 심마니 정씨와 거리가 벌어졌다.

"신기하게 걸으시네. 무슨 보법 같기도 하고, 경공술을 펼치는 건가?"

놀라기는 가인이도 마찬가지였다.

그 순간 옆에서 말을 하는 가인이 때문에 머릿속에서 요란하게 종이 울렸다.

'찾았다! 백야에 속한 인물이다!'

손바닥의 문신은 확인하지 못했지만 지금의 모습은 분명 백야에 속한 인물로 봐도 무방했다.

『변혁 1990』 6권에 계속…

FUSION FANTASTIC STORY
월문선 장편 소설

화려한 귀환

머나먼 이계의 끝에서
다시 돌아온 남자의 귀환기!

『화려한 귀환』

장점이라고는 없던 열등생으로 태어나,
학교에서 당하는 괴롭힘을 버티지 못하고
자살이라는 극단적인 선택을 하게 된 남자, 현성.

"돌아왔다……. 원래의 세계로!"

이계에서 죽음을 맞이하게 된 현성은
자신을 죽음으로 내몰았던 현실 세계로 돌아오게 된다!

고된 아픔들, 그리웠던 기억들,
모든 것을 되살리며 이제 다시 태어나리라!

좌절을 딛고 일어나 다시 돌아온
한 남자의 화려한 이야기!
이보다 더 '화려한 귀환'은 없다!

FUSION FANTASTIC STORY
건(建) 장편 소설

컨트롤러
Controller

세상에게 당한 슬픔,
약자를 위해 정의가 되리라!

『컨트롤러』

부모님의 억울한 죽음.
더러운 세상에 희롱당해
무참히 희생당한 고통에 분노한다!

"독하게… 살아가리라!"

우연한 기회를 통해 받은 다른 차원의 힘.
억울함에 사무친 현성의 새로운 무기가 된다.

냉정한 이 세상을 한탄하며,
힘조차 없는 약자를 대변하고자
내가 새로운 정의로 나서겠다!

Book Publishing CHUNGEORAM

유행이 아닌 자유추구 -
WWW.chungeoram.com